무엇이 되든 행복한 사람이 되어라

무엇이 되든 행복한 사람이 되어라

초판 1쇄 인쇄 | 2014년 3월 5일
초판 4쇄 발행 | 2017년 2월 12일

지은이 | 이동식
펴낸이 | 김형호
펴낸곳 | 아름다운날
출판 등록 | 1999년 11월 22일
주소 | (121-837) 서울시 마포구 서교동 351-10 동보빌딩 202호
전화 | 02) 3142-8420
팩스 | 02) 3143-4154
E-메일 | arumbook@hanmail.net
ISBN 978-89-93876-46-8 (03810)

※ 잘못된 책은 본사나 구입하신 서점에서 교환하여 드립니다.

이 도서의 국립중앙도서관 출판시도서목록(CIP)은 서지정보유통지원시스템 홈페이지(http://seoji.nl.go.kr)와 국가자료공동목록시스템(http://www.nl.go.kr/kolisnet)에서 이용하실 수 있습니다.(CIP제어번호: CIP2014002324)

꿈과 희망을 주는 메시지 77

무엇이 되든
행복한 사람이 되어라

이동식 지음

모두들 빛나는 주인공이 되시기를…

　삶이 윤택해지려면 꿈과 희망이 있어야 합니다. 모진 비바람이 불어도, 혹독한 폭풍우가 몰아쳐도 포기하지 않고 갈 수 있는 꿈과 희망이 있어야 합니다. 꿈과 희망은 인간의 특권입니다. 자신의 꿈을 향해 나아가다 보면 시련과 맞닥뜨릴 때가 있습니다. 세상은 우리가 편안히 꿈을 향해 가도록 내버려 두질 않습니다. 비바람이 몰아치기도 하고 거대한 벽이나 깊은 벼랑이 앞을 막아서는 등 방해를 합니다. 그러나 우리는 그 길을 헤치고 나아가야 합니다. 아무리 천재적인 능력을 가졌더라도, 아무리 좋은 조건에서 출발했다 하더라도 어떤 방해도 없이 꿈을 이룬 사람은 없습니다. 한 번의 성공을 위해 수없이 실패를 거듭했습니다. 그래도 그들은 멈추지 않았습니다. 계속해서 자신의 길을 갔습니다. 계속 간다는 것은 삶에 있어 아주 중요합니다.

　힘이 든다면 잠시 쉬었다 가십시오. 쉬면서 재충전의 시간을 가지십시오. 일을 할 때는 쉬는 시간이 필요합니다. 꿈은 흔들리지 않게 간직하되 쉬는 시간 역시 가지십시오. 쉬는 것도 꿈을 향해 가는 한 가지 방법이기 때문입니다.

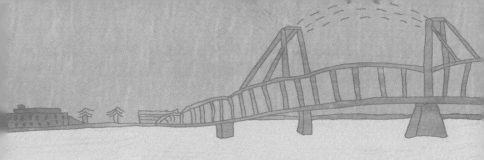

이 책 속에는 성공을 향해 가는 사람들의 많은 일화가 담겨 있습니다. 저자인 저도 읽을 때마다 감동을 받는 이야기들입니다. 이들의 이야기가 독자 여러분들에게도 용기와 희망을 줄 것이라 믿어 의심치 않습니다.

여러분, 오늘은 또 어떻게 사셨습니까?

꿈과 희망을 향해 한 발자국 앞으로 나아가셨습니까?

어떻게 살았든 그것은 당신의 선택입니다. 당신의 선택이 당신의 하루를 유익하게 만드는 하루였으면 좋겠습니다. 그리하여 언젠가는 당신 가슴속에 담고 있는 꿈과 희망이, 당신의 삶을 환한 햇살 속에 서 있게 하는 날이 열렸으면 합니다.

모두들 자신의 빛으로 빛을 내는 주인공이 되어 인생이란 드라마를 멋지게 만들어 가시기를 기원합니다.

2014년 3월

이동식 드림

차례

제2장 | 꿈은 보이지 않는 데서 시작된다

제4장 | 기적은 언제 일어나는가

제 1 장

무엇이 되든
행복한 사람이
되어라

01

무엇이 되든
행복한 사람이
되어라

●●●●●●●

옛날이 좋았다고들 하지만 결코 그럴 만큼 좋지는 않았을 것입니다.

좋고 새로운 날이 여기 오늘에 있지 않습니까.

그리고 더 좋은 내일이 다가옵니다.

우리들의 가장 찬란한 노래는 아직껏 불리지 않았습니다.

| H. 험프리

사람은 누구나 되고자 하는 것이 있습니다. 그리고 그것을 위해 땀 흘려 노력하고 있습니다. 우리는 이것을 꿈이라 부르고, 꿈이 있기 때문에 어쩌면 허무할 수도 있는 삶을 열심히 사는 것입니다. 카네기는 그의 저서 『인생론』에서 무엇인가 되고자 하는 사람들을 위해 다음과 같은 메시지를 전하고 있습니다.

　'그대여! 그대가 만약 언덕 위의 소나무가 될 수 없다면, 골짜기의 섶나무가 되어라. 냇가의 가장 좋고 아름다운 나무가 되어라. 관목이 되어라. 그대여, 그대가 만약 소나무가 될 수 없다면, 또 관목이 될 수 없다면, 작은 풀이 되어라. 풀이 되어 길가를 보다 아름답게 만들어라. 그대여! 그대가 만약 꼬치고기(바닷물고기)가 될 수 없다면 농어가 되어라. 그러나 호수에서 가장 팔팔한 농어가 되어라. 그대 만일 큰길이 될 수 없다면 아주 작은 오솔길이 되어라. 그대 만약 태양이 될 수 없다면 별이 되어라. 그대여! 그대도 알겠지만 사람들 모두가 선장이 될 수는 없다. 선원이 되는 사람도 있을 것이다. 그러나 전부에게 무언가 할 일은 있다. 큰 일도 있는가 하면 작은 일도 있다. 그리고 누구나 자기에게 주어진 그 일을 해야 한다. 실패와 성공은 크기에 달린 것이 아니다. 무엇이 되든 가장 좋은 것이 되면 되는 것이다.'

세상에 있는 일 중 행복을 주는 것은 이룰 수 없는 일이 아니라 이룰 수 있는 일에 의해서입니다. 카네기의 말 중 우리는 '실패와 성공은 크기에 달린 것이 아니다. 무엇이 되든 가장 좋은 것이 되면 되는 것이다'라는 말에 주목할 필요가 있습니다. 자신의 능력으로 이룰 수 있는 것 중에 가장 좋은 것이 되는 것이 삶에 행복을 가져다주는 것임을 카네기는 우리에게 말하고 있습니다.

사람을 행복하게 하고 불행하게 하는 것은 일에 의해서가 아니라 그 일을 하는 마음가짐에 의해서라는 말이 있습니다. 지금 자신이 하는 일에서, 그 일이 큰 일이든 작은 일이든 개의치 말고, 우리 모두 자신이 되고자 하는 가장 좋은 것이 되었으면 좋겠습니다. 그리하여 모든 사람들이 행복하게 웃었으면 좋겠습니다.

02

시련을 피할
길보다 이길
힘을 구하라

겁쟁이와 망설이는 자에겐

모든 것이 불가능해 보이기 때문에 불가능하다.

| 스코트

시련과 역경을 피해 갈 수 있는 사람은 없습니다. 피하면 더욱 찰거머리처럼 찰싹 달라붙는 게 시련과 역경입니다. 이번엔 그 시련과 역경을 이겨내며 자신의 일을 더욱 빛낸 사람들을 소개해 보려 합니다. 시저가 쓴 『갈리아 전기』를 읽어본 사람은 많이 있을 것입니다. 그러나 이 전기가 어떻게 쓰였는지를 아는 사람은 그리 많지 않을 것입니다. 시저의 『갈리아 전기』는 다음 날 전투를 위해 병사들이 모두 잠든 한밤중에 쓰였습니다. 『바람과 함께 사라지다』란 소설을 쓴 마가렛 미첼은 신문사에서 풀타임으로 근무하며 그 방대한 책을 써냈습니다. 이 두 사람은 시간을 어떻게 활용해야 할지에 대해 말해주고 있습니다.

헨델이 작곡한 가장 멋진 음악은 의사로부터 죽음을 선고 받은 후에 쓰였습니다. 또 베토벤은 귀가 완전히 먹은 다음에도 작곡을 계속했습니다. 그리고 세계 3대 서사시 작가인 호메로스, 밀턴, 단테는 모두 시력을 거의 잃은 상태에서 작품을 완성했습니다. 정치가 카바트 백작은 손과 발이 없는 몸으로도 자력으로 의원이 되었습니다. 앞에 소개된 사람들은 신체의 장애가 일을 하는 데 불편을 줄지는 몰라도 일을 못하게 막지는 못 한다는 것을 보여주고 있습니다.

감옥에서도 자신의 일을 버리지 않은 사람들도 있습니다. 어렸을 때 즐겨 읽었던 『로빈슨 크루소』의 작가 다니엘 디포가 작품을 쓴 곳은 감옥 안이었습니다. 존 번연도 자신의 대표작인 『천로역정』을 감옥에서 썼습니다. 루터는 바르트부르크 성에 감금되어 있을 때 성서를 번역하였습니다. 단테는 사형 판결을 받고 20년 간 도망 다니면서 글을 계속 썼습니다. 세르반테스가 『돈키호테』를 집필한 곳도 마드리드의 감옥 안이었습니다.

어쩌면 우리는 자신의 꿈에 족쇄를 채우고 살아가는 사람일지 모릅니다. 이런저런 핑계를 대면서 자신에게 원인이 있는 것이 아니라 주변 환경에 원인이 있는 것이라 탓하며 살아가고 있는지 모릅니다. 위의 글은 우리에게 이제 변명은 그만하라고 말하고 있습니다. 변명은 그만하고 자신의 꿈을 실현하겠다는 마음으로, 앞을 향해 나아가라고 말하고 있습니다. 꿈에 족쇄를 채운 사람은 그 어느 것도 아닌 자신이라고 말하고 있습니다. 20대를 표본으로 했을 때, 그 사람들 대부분은 위에 나오는 사람들보다는 시간도 많고 몸도 더 자유로울 것입니다. 그러면 무엇이 부족한 것일까요. 아마도 그것은 우리 자신의 인내와 노력일 겁니다.

우리는 명심해야 합니다. 시련은 그 사람이 이겨낼 수 있을 정도의 무게로만 찾아온다는 것을 말입니다.

남이 해낸 일은
나도 할 수 있다

남이 한 번에 해낸 일이라면
나는 백 번에 걸쳐서라도 꼭 해낸다.

| 중용

세상에는 길이 있습니다. 길이 있다는 것은 누군가가 걸어갔다는 것입니다. 누군가가 간 길은, 차츰 많은 사람이 다니는 길이 되었으며 점점 편히 다닐 수 있는 길이 되었습니다. 반면에 길이 있기는 하지만 다니는 사람이 별로 없는 길은 편안하게 다닐 수 있는 길은 아닙니다. 잡초가 무성한 길일 뿐만 아니라 산사태나 폭우로 끊어진 곳도 있을 것입니다.

그러나 가기가 힘들다고 해서 그 길 가는 것을 멈출 수는 없습니다. 길이 있다는 것은 누군가 간 사람이 있다는 것인데, 갈 수 없다고 한다면 그것은 길의 문제보다는 의지의 문제일 것입니다. 간 사람이 있는데 힘들어서 갈 수 없다고 하는 사람이 있다면 아마 세상에서 그 사람이 갈 수 있는 길은 그리 많지 않을 것입니다.

사내 둘이 여행을 하고 있었습니다. 그들은 오랜 여행을 하면서 밥을 제대로 먹지 못해 배를 주리고 있었습니다. 그러던 중 그들은 한 방에 들어가게 되었는데, 그 방에는 맛있는 과일이 바구니에 담겨 천장에 매달려 있었습니다. 그것을 보고 한 사내가 말했습니다.

"과일이 먹고 싶긴 하지만 너무 높은 곳에 있어서 어쩔 수가 없네."

그러나 다른 한 사내의 생각은 달랐습니다.

"꽤 맛이 있을 것 같은데, 나는 꼭 저 과일을 먹어야겠어. 높은 곳에 매달려 있긴 하지만, 저기에 매달려 있다는 것은 누군가가 앞서서 저기에 매달아 놓았다는 말인데, 그렇다면 나라고 저기에 못 올라가라는 법이 없지."

그 사내는 밖으로 나가 사다리를 구해 와서는 한 발씩 딛고 올라가 과일을 차지하였습니다.

탈무드에 실려 있는 글입니다. 누군가가 했다면 나도 할 수 있는 것입니다. 할 수 없다면 그것은 지레 할 수 없다고 겁먹는 나약한 의지 때문일 것입니다.

누군가가 간 길을 나라고 왜 갈 수 없나요. 그 길이 가고픈 길이라면 포기하지 말고 가보기 바랍니다. 한 번뿐인 인생에서 가고픈 길을 가지 못하고 포기한다는 것은, 한 번뿐인 인생 자체를 포기하는 것과 같습니다. 가슴속에 정한 길이 있다면 그 길을 향해 끝없이 발자국을 찍기 바랍니다.

잘못을
깨달으면 새롭게
출발할 수 있다

자기의 실수에서 배울 바를 알지 못하는 사람은

최고의 교사를 물리치는 것이다.

| 미담

사람들은 누구나 잘못이나 실수를 하며 살아갑니다. 그리고 젊은 날 부모님 속을 썩이지 않고 성장한 사람 역시 그리 많지 않을 것입니다. 우리 말에 젊어서 속을 썩인 사람이 효자가 된다는 말이 있습니다. 나이가 들어 철이 들면 젊어서 한 행동들이 가슴에 걸리고, 그래서 부모님에게 더 잘하려 하기 때문일 것입니다. 그러나 한 가지 더 알아야 할 것은 '자식이 효도하려 해도 부모가 기다려주지 않는다'는 말입니다.

옛날에 한 과부가 망나니 아들과 살고 있었습니다. 그 아들은 세상에 못된 짓만 골라서 하고 다녔습니다. 어머니는 아들에게 사고 치지 말고 언제나 겸손한 사람이 되라고 타이르기를 수없이 했지만 소 귀에 경 읽기 뿐, 소용이 없었습니다. 생각다 못한 어머니는 어느 날 아들을 다짜고짜 끌고는 대문 옆 기둥으로 갔습니다. 그리고는 준비해 두었던 망치와 못을 아들 앞에 내놓고는 비장하게 말했습니다.

"앞으로는 좋지 않은 일을 할 때마다 못 한 개씩을 기둥에다 박아라. 그러면 그때마다 이 어미가 동전을 한 닢씩 주겠다."

이 말을 들은 아들은 신이 나서 못된 짓을 할 때마다 기둥에다 못을 박고는 어머니에게 동전을 한 닢씩 받았습니다. 그러기를 얼마 안 가 기둥은 못으로 도배가 되었습니다. 그것을 보고 아들은 눈물을 흘렸습니다. 자기 스스로 잘못했다며 박은 못이 저리 많은데 남이 볼 때는 얼마나 많은 잘못을 저질렀을까를 생각하니, 후회의 눈물이 저절로 흐르게 된 것입니다.

기둥을 바라보며 눈물을 흘리던 아들은 무슨 마음을 먹었는지 어머니가 계신 곳을 향해 발걸음을 옮겨 놓았습니다. 어머니는 때마침 마루에서 아들의 옷을 깨끗하게 어루만지고 있었습니다. 어머니 앞에 다다른 아들은 마당에 풀썩 주저앉더니 눈물을 흘리며 말했습니다.

"어머니 잘못했습니다. 이 못난 아들을 용서해 주십시오."

아들의 용서해 달라는 말을 들은 어머니는 눈물이 왈칵 쏟아질 것만 같았습니다. 그러나 애써 눈물을 참으며 따뜻한 목소리로 아들에게 말했습니다.

"아들아, 어미는 네가 잘못을 깨달은 것만으로도 족하구나. 네가 잘못을 뉘우쳤으니, 이제부터는 네가 잘한 일이 있을 때마다 기둥의 못을 하나씩 뽑도록 하여라."

"그렇게 하겠습니다, 어머니."

아들은 그날부터 달라졌습니다. 그리고 좋은 일을 하며 기둥의 못을 하나씩 뽑았습니다. 이후 그는 기둥의 못을 다 뽑은 것은 물론 열심히 공부를 하여 나라의 큰 인물이 되었습니다.

사람은 누구나 한때 젊은 혈기를 이기지 못해서, 또 철이 들지 않아서 잘못을 저지르고 실수를 합니다. 다른 사람이 저지른 잘못을 용서하고 서로 어울려 살아가는 것은 자신도 잘못을 저지를 수 있고, 저질렀던 과거가 있기 때문입니다. 중요한 것은 일단 잘못을 저지르지 않는 것이고, 잘못을 저질렀다면 다시는 잘못을 반복하지 않는 것입니다. 한때의 잘못을 교훈 삼아 좋은 길로 인생의 방향을 트는 것, 이것만이 잘못을 용서받는 가장 확실한 방법입니다.

잘못을 새로운 시작의 거름으로 쓰는 것, 이것이 당신의 인생을 햇살 속에 있게 하는 것입니다.

05

열심히
하는 사람은
말릴 수 없다

유능하고 근면한 사람에게는

정지라는 팻말을 세울 수가 없다.

| 베토벤

외판원이란 직업을 가진 사람들의 공통점은 자기 물건을 낯선 사람들에게 팔아야 한다는 것입니다. 쉬운 일은 아니지만 이 직업에서 성공한 사람들의 이야기를 종종 들을 때가 있습니다. 낯선 사람을 찾아가 상품을 파는 일이니만큼 마음에 상처를 입기도 할 것입니다. 어느 회사 빌딩에는 입구에 '잡상인 출입금지'라는 글씨가 큼직하게 써 있기도 합니다. 이런 불리한 환경을 딛고 성공한 사람들의 공통점은 결코 포기하지 않는다는 것입니다. 다음은 외판원으로 성공한 사람의 이야기입니다.

　내가 처음 신문을 팔기 시작한 것은 여섯 살 때였는데, 시카고에서는 신문 팔기가 그리 만만치 않았습니다. 특히 나보다 나이가 많은 아이들과 함께 신문을 팔았는데, 그들은 사람들이 많이 다니는 거리에서 신문을 팔며 내가 팔려고 나서면 주먹을 흔들어 보이면서 협박을 했습니다. 신문을 팔지 못하게 하려는 것이었지요. 하지만 나는 그들의 협박에 굴하지 않고 신문을 팔았습니다. 그러자 결국 그들은 협박을 그만두었습니다.

　내가 신문을 팔던 곳에는 홀레라는 사람이 하는 레스토랑이 있었습니다. 그 레스토랑이 있는 곳은 사람들이 많이 오가는 번화가였습니다. 나는 레스토랑 안으로 들어가 손님들에게 신문을 팔면 좋겠다는 생각을 했습니다. 그리고 곧 실행에 옮겼습니다. 나는 주인한테 들키지 않게 재빨리 테이블을 오가며 손님들에게 신문을 팔았습니다. 하지만 세 부의 신문을 팔고 네 부째 팔려고 할 때 그만 주인인 흘레 씨에게 들키고 말았습니다. 흘레 씨는 막무가내로 나를 레스토랑 밖으로 내쫓았습니다. 그러나 나는 안의 눈치를 살핀 뒤 다시 신문을 팔러 레스토랑 안으로 들어갔습니다. 전과 마찬가지로 신문을 팔기 시작했는데 이번에도 얼마 못 가 흘레 씨에게 걸리고 말았습니다. 흘레 씨는 이번에도 여지없이 나를 밖으로 쫓아내려 했습니다. 그때 손님 중 한 사람이 외쳤습니다.

"그냥 신문을 팔게 내버려 둬요."

그 소리에 가만 둘러보니 레스토랑의 손님들은 흘레 씨와 나의 실랑이를 웃으며 바라보고 있었습니다. 그날은 손님들 덕분에 신문을 무사히 팔고 나올 수 있었습니다. 그리고 그렇게 몇 번을 더 찾아가 흘레 씨와 실랑이를 벌이며 신문을 팔았습니다. 그러던 어느 날 이번에도 신문을 팔려고 레스토랑으로 들어갔는데, 흘레 씨가 웃으면서 두 팔을 들어 반겨 주었습니다. 그리고는 말했습니다.

"내가 졌다. 언제든지 와서 신문을 팔아도 좋다."

그 이후로 나는 자유롭게 레스토랑을 드나들 수 있었고 흘레 씨와도 좋은 친구가 되었습니다. 어린 시절 나는 흘레 씨에게 썼던 이 방법을 즐겨 썼고 늘 성공을 거두었습니다. 그리고 지금도 나는 이 방법으로 성공을 향해 가고 있습니다. 사람들은 처음엔 거절을 하고 간혹 짜증을 내기도 하지만, 포기하지 않고 끈기 있게 접근하는 사람에겐 언젠가 마음을 열고 친구가 되어 줍니다. 바로 포기하지 않고 열심히 하는 그 정성을 가상하게 보아주는 것이지요. 처음 방문했을 때 야멸찬 냉대를 받았다고 해서 다시 그곳을 찾지 않는다면 그 사람은 절대 외판원으로 성공할 수 없습니다.

열심히 하는 사람은 언젠가 대가를 받게 되어 있습니다. 이 글을 읽고 느끼게 되는 것은 어떤 일을 하든 포기하지 않고 끝까지 도전해야 한다는 것입니다. 포기하지 않고 도전할 때 막혀 있던 미래도 환하게 열리는 것입니다. '사람들은 처음엔 거절을 하고 짜증도 내지만, 포기하지 않고 끈기 있게 찾아가는 사람에게는, 언젠가 마음을 열고 친구가 되어 준다'는 말은 우리에게 시사하는 바가 참으로 큽니다. 그렇습니다. 지금 어디서 어떤 일을 하든 포기하지 않고 도전한다면 언젠가 '성공'이라는 열매가 주렁주렁 열릴 것입니다.

06

많이 버는 것보다
잘 지키는 게
중요하다

백성을 사랑하는 근본은 재물을 절약해 쓰는 데 있고,

절약하는 근본은 검소한 데 있다.

검소해야 청렴할 수 있고,

청렴해야 백성을 사랑할 수 있기 때문이다.

| 정약용

부자가 되는 법이라는 옛이야기가 있습니다. 한 사람이 부자에게 찾아와 부자가 되는 법을 가르쳐 달라고 하자, 부자는 그 사람에게 벼랑 끝의 소나무 가지에 매달려 있게 하지요. 그런 다음 이렇게 말합니다. "재물이 그대 손에 들어오거든 벼랑에서 소나무를 잡고 있듯이 그렇게 잡고 있으면 된다오"라고 말입니다.

미국에 쿨리지라는 사람이 있었습니다. 그는 미국의 30대 대통령을 지낸 사람이지만 대통령이었다는 것보다, 근검절약하는 태도로 국민들에게 더 사랑을 받았던 사람입니다. 그가 얼마나 검소한 생활을 했는지를 알려주는 일화가 있습니다.

그에게는 그레이스라는 상냥하고 아름다운 부인이 있었는데, 하루는 그레이스 여사의 초상화를 그리기 위해 화가가 백악관에 오게 되었습니다. 그때 그레이스 여사가 화가에게 말했습니다.

"이보세요, 화가 선생! 초상화를 그릴 때 내가 아끼는 강아지와 함께 포즈를 취하려고 하는데 괜찮을까요?"

"괜찮고 말고요."

흔쾌히 대답한 화가는 여사가 안고 있는 개의 털색이 하얀 것을 보고는 이렇게 말했습니다.

"개가 흰색이니 여사께서는 지금 입고 계시는 흰 드레스를 벗고

빨간색 드레스로 갈아입으시는 게 좋을 듯합니다. 그래야 색의 대비로 좋은 초상화가 나올 수 있거든요."

화가의 말을 들은 여사는 남편인 쿨리지 대통령을 찾아갔습니다. 그녀에게는 빨간색 드레스가 없었으므로 사달라고 부탁을 해보려는 거였습니다.

"저, 부탁이 하나 있는데 들어 주시겠어요?"

"말해 보시오."

"지금 초상화를 그려야 하는데, 빨간색 드레스가 한 벌 필요하거든요. 사 주실 수 있으신지요."

여사의 말을 들은 남편이 대답했습니다.

"얼마 전에 산 흰색 드레스가 있지 않소? 그 드레스가 당신에게는 잘 어울려요. 그걸 입고 그리시오."

남편의 말에 그녀는 기분이 조금 상했습니다.

"그 드레스는 이미 낡아서 제 빛깔을 내지 못한다고요. 그리고 이번엔 흰 강아지와 함께 그릴 거라서 빨간색 드레스가 있어야 해요."

아내의 말을 듣고 한동안 침묵을 하고 있던 쿨리지 대통령은 다음과 같은 해법을 내놓았습니다.

"여보, 빨간 드레스를 살 필요가 뭐 있소. 지금 입고 있는 흰 드레스를 그냥 입고 잠시 강아지를 빨갛게 칠하면 그만 아니겠소."

근검절약이 무엇인지를 확실하게 보여주는 일화지요. 자린고비 이야기도 떠오르고요. 돈은 땀 흘려 버는 것도 중요하지만 아껴서 버는 것도 중요합니다. 아무리 돈을 많이 벌어도 흥청망청 쓰고 나면, 손에 남는 게 없을 것입니다. 알겠지만 행복을 위해서도 어느 정도의 돈이 필요합니다. 미래를 위해 오늘 근검절약 하는 것, 그것도 미래의 성공을 위한 하나의 희망임을 잊지 말아야 합니다.

07

성실함은
감동을 낳는다

너 자신에 충실하라.

그 결과는 밤이 낮에 이루어지듯

너는 누구에게나 불성실할 리가 없게 되는 것이다.

| W. 셰익스피어

자신의 일을 성실하게 한다는 것은 아주 중요합니다. 우리는 자신의 일을 성심을 다해 했을 뿐인데 다른 사람에게 감동을 주는 경우를 종종 봅니다. 그리고 그것은 대부분 자신의 일에 충실한, 장인정신을 갖고 있는 사람에게서 나온다는 것을 알게 됩니다.

어느 호숫가에 소형 보트를 갖고 있는 한 남자가 있었습니다. 그는 따듯한 봄이 오면 보트를 꺼내 가족들과 호수로 낚시를 떠나곤 했습니다. 겨울을 향해 치닫던 어느 날 남자는 여름 내내 가족들과 즐겼던 보트를 호수가 얼어붙기 전에 호숫가로 끌어올리기로 하였습니다. 그런데 보트를 끌어올리다 보니 보트 밑바닥에 작은 구멍이 하나 뚫려 있는 것이 보였습니다. 남자는 겨우내 쓰지 않을 보트였기 때문에 수리는 내년 봄에 하기로 하고, 보트가 썩는 것만을 방지하기 위해 페인트공을 불러 칠만 해 놓으라고 지시를 하였습니다.

그리고 다시 봄이 찾아왔습니다. 아이들은 배를 타겠다고 그 남자를 졸랐습니다. 보트에 구멍이 뚫려 있다는 것을 까맣게 잊고 있던 남자는 아이들에게 그냥 보트를 타도록 하였습니다.

얼마의 시간이 흘렀을까, 머리를 내려치는 생각 하나가 남자를 화들짝 놀라게 하였습니다. 남자는 얼굴이 하얗게 질려 아이들이 보트를 타고 있는 호수를 향해 달려갔습니다. 아이들은 수영도 하지 못하는데 구멍 뚫린 보트를 타고 깊은 호수로 나갔으니, 남자는 거의 제정신이 아니었습니다.

그런데 별안간 남자는 달리던 발걸음을 멈췄습니다. 앞에 보이는 풍경은 아이들이 호수에 빠져 살려 달라고 아우성치는 모습이 아니라 보트를 재밌게 타고 나서 호숫가로 무사히 걸어 나오는 모습이었기 때문입니다. "오! 신이여"를 외치면서 남자는 아이들을 일일이 끌어안고는 볼에다 입을 맞췄습니다. 아이들은 아버지가 왜 이러는지 영문을 몰라 그냥 우두커니 바라볼 뿐이었습니다.

남자는 안도의 숨을 몰아쉬며 구멍이 나 있던 보트 밑을 살펴보았습니다. 그런데 보트 밑이 감쪽같이 막혀 있는 거였습니다. 남자는 순간 작년 겨울에 칠을 맡긴 페인트공을 떠올렸습니다. 남자는 그 페인트공이 너무나 고마웠습니다. 그래서 한달음에 페인트공의 사무실로 찾아갔습니다. 그리고 다짜고짜 페인트공에게 선물을 내밀었습니다. 얼떨결에 남자가 내민 선물을 받은 페인트공은 어리둥절한 표정으로 남자를 바라보았습니다.

"아니, 보트 칠한 값은 작년에 일하고 받았는데, 이건 또 뭡니까?"

그러자 남자가 페인트공에게 말했습니다.

"나는 당신에게 칠만 해 줄 것을 부탁했는데, 당신은 고맙게도 구멍까지 꼼꼼하게 막아 주었습니다. 당신의 그 배려 덕분에 제 아이들이 목숨을 건졌습니다. 사실 당신의 성실함은 이 선물로는 다 갚을 수 없는 값진 것이지만 성의이니 받아 주십시오."

자초지종을 들은 페인트공은 할 일을 했을 뿐이라며 다음과 같이 말했습니다.

"그 구멍을 남겨 두고 페인트를 칠하면 어디 페인트가 보기 좋게 칠해지겠습니까. 저는 그저 제가 할 수 있는 한 가장 좋은 칠을 하기 위해서 구멍을 막고 칠을 한 것뿐입니다. 구멍을 막고 칠을 해야 가장 보기 좋은 칠이 나올 수 있었으니까요."

참으로 멋진 페인트공이지요. 가장 좋은 빛깔을 내기 위해 구멍을 막아가면서까지 일하는 페인트공의 정신을 우리는 장인정신이라고 합니다. 세계적인 건축물 중에는 이러한 정신을 지닌 건축인들이 모여 만들어 놓은 작품이 참으로 많습니다. 유수한 건축물을 예로 들지 않더라도, 지금 자신이 하는 일에 최선을 다하는 것이 삶의 보람이고 즐거움이 아닐까요. 설령 지금 하는 일이 자신의 적성에 맞지 않는 일 일지라도 그 일을 하는 동안에는 최선을 다해 임하는 것, 바로 이것 이 자신을 성공으로 이끄는 통로 아닐까요.

08

절굿공이를
갈아 바늘을
만든다

노력을 쏟는 자보다 진실한 자는 없다.
오직 노력 안에서만 그 사람의 진가가 발휘된다.

| 코란

사람은 누구나 되고 싶은 것이 있습니다. 그리고 되고 싶은 것을 위해 노력을 합니다. 노력만큼 확실히 되고 싶은 것, 즉 꿈에 가까이 가게 해 주는 것도 없습니다.

시선(詩仙) 이태백 하면 "아, 술을 좋아했던 시인", 아니면 "달을 좋아했던 시인" 하고 말하는 사람들이 많을 것입니다. 그만큼 술을 좋아하고 달을 좋아했던 시인이지요. 낭만적이고 호방한 성격의 그는 주옥 같은 시를 많이 남겨서 시선이라 칭하며 하늘이 낸 시인이라 불렸습니다. 다 그의 천재성 때문이지요. 그러나 이태백은 그의 머리만으로 위대한 시인이 된 것은 아닙니다.

어린 시절 이태백은 아버지를 따라 이곳저곳을 떠돌아다녔습니다. 열 살 때 이미 사서삼경을 독파했지만 그렇게 공부를 좋아하지는 않았습니다. 그런 어느 날 어린 이태백이 시장에 놀러 갔다가 이상한 장면을 보았습니다. 한 할머니가 커다란 절굿공이를 갈고 있는 것이었습니다. 이태백이 그 모습을 보고는 할머니에게 다가가 물었습니다.

"할머니, 지금 대체 이걸로 뭘 만들고 계시는 거예요?"

"바늘을 만드는 것이란다."

할머니의 대답에 그만 이태백은 웃음을 터뜨리고 말았습니다.

"할머니, 어느 세월에 이 절굿공이를 갈아서 바늘을 만들어요?"

그러자 할머니가 정색을 하면서 대답했습니다.

"애야, 웃을 일이 아니란다. 절굿공이로 바늘을 만들고자 하는 마음만 있으면 언젠가는 바늘이 만들어지는 법이다. 그렇지 않다면 절굿공이는 언제까지 절굿공이로 남아 있을 뿐이다."

할머니의 이 말을 들은 이태백은 더 이상 웃을 수가 없었습니다. 그는 웃음을 멈추고 별안간 할머니에게 큰절을 올렸습니다. 여기서 커다란 깨달음을 얻은 이태백은 집에 돌아오자마자 그때까지 덮어 두었던 책을 펼쳐 들었습니다.

이태백이 지금까지도 사람들의 입에 오르내리는 위대한 시인으로 남을 수 있었던 것은, 이때부터 시작된 노력의 결실일 것입니다. 아무리 하늘이 내린 천재라 할지라도 부단히 노력하지 않으면 그 재능은 발휘되지 못하고 사라지고 마는 것입니다. 반대로 하늘이 재능을 내리지 않은 사람일지라도 피나는 노력을 하면 능력을 발휘할 수 있는 것입니다.

자신을 언제까지나 절굿공이로 남겨 놓을 것인가요? 아니면 부단히 갈고 닦아 바늘로 만들어 놓을 것인가요? 선택은 오로지 자신만이 할 수 있습니다.

09

정성이
먼저다

정성이 지극하면
돌 위에서도 풀이 난다.

| 우리나라 속담

우리가 자주 듣는 말 중에 '음식은 손맛'이라는 말이 있습니다. 음식이 좋은 재료, 갖은 양념에 의해서 좌우되는 것이 아니라 손에 의해서 나온다는 것은 무슨 말일까요. 아마 그것은 정성을 말하는 것일 겁니다. 이렇듯 음식에도 '손맛'이라는 정성이 들어가야 비로소 영양이 가득하고 맛깔스런 음식이 탄생할 수 있는 것입니다. 그러면 정성이란 무엇일까요. 그것은 자신이 하고 있는 일에 모든 열정을 다해 임하는 자세를 말하는 것 아닐까요. 다음 이야기도 정성의 중요성을 말해 줍니다.

　어느 나라에 젊은 화가가 있었습니다. 그는 어느 날 화단의 거장인 스승을 찾아와 다음과 같이 호소하였습니다.

　"선생님, 저는 그림을 2, 3일 동안에 한 장씩 그립니다. 그러나 이것이 팔리기까지는 자그마치 3, 4년이나 걸립니다. 선생님 제가 어떻게 해야 그림이 잘 팔리는 성공한 작가가 될 수 있을까요? 그 비법을 가르쳐 주십시오."

　제자의 말을 듣고 있던 스승은 제자를 다정하게 바라보며 방법을 알려 주었습니다.

　"이보게나, 어떤 일이든 그 일을 이루려면 먼저 공을 들여야 하는 법이라네. 지금 자네가 말한 반대로 한다면 자네는 분명히 성공할 것일세. 3, 4년 동안 정성을 다하여 그림을 그린 다음에 그 그림을 내놓으면 2, 3일 안에 반드시 팔릴 것일세."

이 이야기는 실화로, 무슨 일이든 정성을 먼저 기울여야 결과도 좋게 나옴을 말해 주고 있습니다. 우리가 살아오면서 무엇인가를 배우고, 어떤 일을 하려고 할 때 가장 많이 듣는 말이 "정성을 들여라, 정성을 갖고 임해라"라는 말입니다. 그만큼 정성이야말로 무슨 일을 하든 그 일을 이룰 수 있는 가장 근본이 되는 '정신무장이고 임하는 자세'이기 때문입니다.

『중용』에서는 '지극한 정성은 신과 같다'며 정성의 중요성을 강조하고 있습니다. 우리가 잘 아는 속담 중에도 '지성이면 감천'이라는 말이 있듯, 하는 일에서 성공하려면 먼저 정성스런 마음과 자세를 갖춰야 합니다. 자, 그러면 정성 가득한 몸과 마음을 가지고 우리도 성공을 향해 출발해 볼까요.

10

가난은
성공의
바탕이다

．
．
．
．
．
．
．

가난을 비유하면 잔혹한 선생님과 같다.

그러나 사실은 최선의 선생님이다.

| 스마일스

아마 가난을 좋아하는 사람은 거의 없을 것입니다. 사람들은 대부분 가난을 벗어나 부자가 되는 소망을 갖고 있습니다. 그래서 굴러들어온 재물의 유혹 앞에 마음을 비우고 태연자약 할 수 있는 사람은 그리 많지 않을 것입니다. 그러나 굴러들어온 재물을 멀리하고 가난을 성공의 발판으로 삼게 한 숙종 때의 학자 김학성의 어머니에 대한 이야기를 들으면, 굴러들어온 재물에 대한 마음이 조금은 달라지지 않을까요.

조선 숙종 때의 학자 김학성이 입신 출세하게 된 데에는 그의 어머니의 깍듯한 배려가 있었습니다. 그의 어머니는 일찍이 지아비를 잃고 과부가 되었습니다. 과부가 된 그의 어머니 앞에 놓인 것은 가난뿐이었고, 가난을 이기기 위하여 그녀는 삯바느질 등 궂은일을 마다 않고 하면서도 두 아들만큼은 좋은 선생 밑에서 공부하게 하였습니다.

하루는 여느 때와 같이 삯바느질을 하고 있는데 비가 내리기 시작했습니다. 비는 점점 굵기를 더하여 세찬 비가 되었고, 처마 끝으로 많은 빗물이 모여 아래로 떨어져 내렸습니다. 그런데 처마에서 떨어진 빗물이 닿는 곳에서 이상한 소리가 들려왔습니다. 그 소리는 꼭 쇠그릇이 울리는 소리와 같았습니다. 이상하게 여긴 그녀는 밖으로 나와 소리가 울려나오는 곳의 땅을 파 보았습니다. 조금 파 들어가자 가마솥이 모습을 드러냈습니다. 가마솥의 뚜껑을 열자 그 안에는 하얀 은이 가득 차 있었습니다. 그것을 본 그녀는 깜짝 놀랐습니다. 그러나 그것도 잠시 그녀는 무슨 생각을 했는지 서둘러 솥뚜껑을 닫고는 파내었던 흙을 긁어모아 솥을 원래대로 덮어버렸습니다. 가난한 집안에 큰 보화를 얻었으니 웬만한 사람은 좋아라 했을 텐데, 그녀는 이 일을 자신만 알고 다른 사람에게는 일체 말하지 않았습니다. 아니 말을 하지 않은 것뿐만 아니라 얼마 후에는 오라버니에게 부탁을 해 집까지 팔고 다른 곳으로 이사를 가버렸습니다.

그 후에도 그녀의 고생은 계속 되었지만, 두 아들은 어머니가 고생하는 모습을 보며 열심히 공부를 하였습니다. 그 결과 두 아들은 장원급제한 뒤 출사를 하여 학문을 인정받기에 이르렀습니다. 그제야 그녀는 두 아들과 함께 고향으로 돌아와 자리를 잡았습니다. 고향으로 돌아온 지 얼마 안 돼, 남편의 기일이 돌아오자 그녀는 두 아들과 함께 남편의 제사를 성심을 다해 모셨습니다. 그날 그녀는 남편의 제사에 참석한 오라버니에게 지난날을 회상하며 말했습니다.

"오라버니, 저는 지난날 남편을 잃고 두 아이를 맡아 기르지 못할까봐 아침저녁으로 마음을 썼습니다. 그런데 이제 아이들의 학업도 빛을 내 아버지의 뜻을 계승할 수 있게 되었으니, 저는 이제 세상을 떠나 조상님을 뵈어도 부끄럽지 않게 되었습니다."

그녀가 여기까지 말했을 때 오라버니는 장하다는 눈빛으로 누이를 바라보았습니다. 그녀는 그런 오라버니에게 다시 말을 이으면서 지난날 앞마당에서 발견한 은화를 그대로 덮어 버린 얘기를 해주었습니다. 누이의 말을 들은 오라버니는 놀라움을 감추지 못하면서 그 이유를 물었습니다. 그녀는 미소를 지으며 대답했습니다.

"오라버니, 저는 이유 없이 재물을 얻으면 의외의 재앙이 있을 거라 생각했습니다. 사람은 마땅히 고생해야 하는 것인데 어려서부터 두 아이들이 편하게 되면 공부를 게을리하게 될까 봐, 그것이 걱정되었기 때문입니다. 돈을 낭비하는 습관만 배우고 마음이 점점 나태해져 쓸모없는 사람이 될지도 모른다는 생각에, 집을 팔고 떠나는 것이 상책이라 여기고 가난의 길을 택한 것이었습니다."

누이의 말을 다 들은 오라버니는 그 생각 깊음과 두 아들을 훌륭하게 키워 낸 것이 가상하여 말없이 눈물만 흘렸습니다.

황금만능시대를 살고 있는 지금, 누군가는 이 글을 읽고 그녀를 바보라고 할지도 모릅니다. 그러나 대부분의 사람은 그녀의 처신에 감동을 받았을 것입니다. "자식에게 고기를 잡아주지 말고 고기 잡는 법을 가르쳐 주라"는 말이 있습니다. 이 말을 달리하면 자녀에게 재물을 남겨 주지 말고 스스로 살아갈 수 있는 재능을 키워 주라는 말과 같은 것입니다.

"지금 그대의 형편은 어떻습니까?" 라는 질문에 살 만하다고 대답하는 사람은 그리 많지 않을 것입니다. 요즘은 불경기 중의 불경기라

더더욱 그러할 것입니다. 그러나 이 글을 통해 우리가 알 수 있는 것은 가난은 비참함을 주는 것이 아니라 성공의 바탕이 된다는 것입니다. 지난 역사를 살고 간 위인들의 이야기를 읽어 보세요. 그들 중 많은 사람들이 가난한 사람들이었습니다. 그 가난을 이기려 열심히 노력한 것이 재물뿐만 아니라 명예도 가져다 준 것입니다. 지금 가난하다면 그것은 나를 성공시키기 위한 바탕임을 알고 더욱 열심히 노력해야 합니다.

11

체험이
인생을 고귀하게
만든다

추위에 떤 사람만이 태양을 따뜻하게 느낀다.
인생의 번민을 통과한 사람만이 생명의 존귀함을 안다.

| w. 휘트먼

터너라는 사람이 있었습니다. 그는 화가였습니다. 어느 날 터너는 절친한 찰스 킹슬리를 자신의 화실로 초대해 그림 한 점을 보여주었습니다. 바다의 폭풍을 그린 자기의 그림이었습니다. 그림을 본 찰스 킹슬리는 탄성을 지르며 터너에게 물었습니다.

"아니, 이 보게 터너! 어떻게 이런 훌륭한 그림을 그릴 수 있었는가?"

질문을 받은 터너의 대답은 이러하였습니다.

"나는 예전부터 바다의 폭풍을 그리고 싶어 했지. 그런데 그게 아무리 그리려 해도 생동감 있게 잘 그려지지 않는 거야. 수차례 캔버스의 종이만 구겨 버렸지. 그러다가 바닷가를 찾아갔지. 그리고는 한 어부를 찾아가 폭풍이 올 때 나를 배로 데려가 달라고 간청했네. 처음엔 극구 안 된다고 하던 어부도 나의 간청에 두 손을 들고는 그렇게 해주겠다고 승낙을 했지. 며칠 후 반갑게도 기다리던 폭풍우가 밀려오려는 징조가 보여, 나는 어부에게 나를 꼼짝 못하도록 돛대에 묶어달라고 했네. 그리고는 배를 폭풍우가 몰아쳐 올 그 중심에다 갖다 달라고 부탁했지. 어부는 내 말대로 해주었고 폭풍우는 배를 덮쳐 왔지. 굉장한 폭풍우였지만 나는 고통을 당하면서도 오히려 배 밑창으로 내려가 더욱 폭풍우와 맞서고 싶었지. 그러나 묶여 있는 몸이라 그렇게는 하지 못했네. 나는 처절하게 폭풍우의 한복판에서 그것을 체험하였고, 돌아와서 그린 그림이 바로 자네가 보고 있는 이 그림일세."

"아아, 어쩐지 너무나 생동감 있다는 느낌이 들었는데 그런 일이 있었군. 터너, 너무나 대단한 일을 하였네."

찰스 킹슬리는 터너를 존경스런 눈빛으로 바라보며 감탄을 연발했습니다.

'젊어 고생은 사서도 한다'는 말이 있습니다. 사서도 하는 게 고생인데 피할 필요가 뭐 있나요. 당당하게 맞서세요. 젊은 지금 겪는 고생은 그 퇴치법을 알아가는 훗날의 저축 같은 것입니다. 다가오는 어려움과 당당히 맞서 싸우다 보면 나중에는 어떤 어려움이 다가와도 이기는 방법을 알게 되고 그것이 삶을 그만큼 행복하게 만들어 줍니다. 젊어 고생은 사서도 한다는 것을 잊지 말고, 고난이 밀려오면 피하지 말고 젊음으로 당당히 맞서는 사람이 되었으면 좋겠습니다.

12
원석을 연마하듯
타고난 재능을
가꾸라

·
·
·
·
·
·

사람은 진정한 자신의 진가를 깨닫지 못하면

스스로에게 만족할 수 없다.

| 마크 트웨인

　사람에게는 누구나 남보다 나은 재주가 하나씩은 있다고 합니다. 발타자르 그라시안은 사람이 성공할 수 있는 가장 큰 조건으로 남보다 나은 재주를 찾는 것이라 강조하고 있습니다.

　"자신에게 어떤 능력이 우세한지를 판단하라. 자신의 특출한 재능이 무엇인지를 알면 이를 가꾸고 다른 재능을 봉헌하라. 누구나 자신의 재능을 알면 특출한 사람이 될 것이다. 어떤 사람은 이성이 특출하고 어떤 사람은 용기가 특출하다. 그러나 대부분의 사람들은 자신들의 타고난 재능을 아무렇게나 다뤄 그것을 빛내지 못한다."

　남보다 나은 재주는 어쩌면 자신이 하고 싶어 하는 일과 관련이 깊지 않을까 하는 생각이 듭니다. 자기의 적성은 무시하고 남들이 보기에 좋은 직업을 찾아 달려들었다가 실패하고 마는 경우를 우리 주변에서 어렵지 않게 볼 수 있습니다.

　발타자르 그라시안은 바로 자신의 적성이 무엇인지를 알고 그 일에 인생을 걸면 성공 확률이 높다는 것을 우리에게 깨우쳐 주려는 것입니다. 실패하는 사람보다 성공하는 사람이 많기를, 그리하여 인생에서 행복해 하는 사람이 많기를 발타자르 그라시안은 바라고 있는 것입니다. 그 방법으로 자기의 적성에 맞는 일을, 자신이 가지고 있는 재능 중 가장 뛰어난 재능 찾기를 충고하고 있는 것입니다.

그렇습니다. 남들이 보기엔 아무리 하찮은 일일지라도 그곳에 자신의 재능이 있다면, 거기에 참다운 행복이 숨겨져 있는 것일지 모릅니다. 남들이 우러러보는 보기 좋은 일이 아니라 자신의 재능을 먼저 알아서 그 재능에 맞는 일을 하며 사는 것은 어떨까요. 그리 하려면 자신이 어느 방면에서 남들보다 나은 재주를 가졌는지를 우선 알아야 하겠지요. 무엇보다도 먼저 그 재능을 빨리 찾으세요.

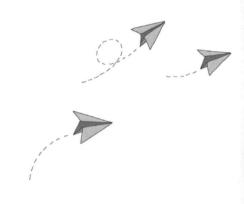

13

시간은
매일 받는
귀중한 선물

지금 네가 시간을 잃으면 그만큼 너의 인격과 이익을 잃게 될 것이고,

반대로 시간을 유용하게 사용하면

너에게는 그만큼 많은 시간이 생겨나고, 또 그만큼 이익이 생겨난다.

우리의 인생에 주어진 얼마 안 되는 시간을 게으름으로

형편없이 낭비해 버리는 사람들이 있다는 것은 얼마나 놀라운 일이냐.

시간의 진정한 가치를 잃어서는 안 된다.

움켜쥐어라. 잡아라. 그리고 매 순간을 즐겨라.

| 필립 체스터필드

우리가 산다고 하는 것은 유한하게 정해져 있는 인생이라는 시간에서 오늘을 빼내어 쓰는 것입니다. 그러므로 우리가 산다고 하는 것은, 그 시간만큼 죽음에 가까워진다는 것을 말합니다. 이렇게 역으로 생각하면, 이 세상에 시간만큼 중요한 것도 없어 보입니다.

어느 손님이 벤자민 프랭클린이 경영하는 서점에 들어와 한참 책을 고르더니, 마음에 드는 책을 선택해 가지고 와서는 벤자민 프랭클린에게 물었습니다.

"이 책 얼맙니까?"

"1달러입니다."

"조금 싸게 주시면 안될까요?"

"그러면 1달러 15센트만 주십시오."

값을 깎아달라고 했는데 오히려 값을 올려 부르자 손님은 프랭클린이 잘못 들었는지 알고 다시 말했습니다.

"아니, 저는 깎아달라고 했거든요?"

그러자 이번엔 한술 더 떠서 가격을 불렀습니다.

"1달러 50센트를 내셔야겠네요."

프랭클린의 말에 손님은 화를 내며 따지듯 물었습니다.

"뭐야, 가격이 점점 비싸지잖아. 대체 이유가 뭐요?"

그러자 프랭클린이 태연하고도 조용한 목소리로 그 이유를 말해 주었습니다.

"이보세요, 손님. 시간은 돈보다 귀한 것인데 손님께서 제 시간을 소비시켰으니, 책값에 시간 값을 가산해야 하지 않겠습니까?"

세상에 시간만큼 소중한 것이 또 있을까요. 그런데 그렇게 소중한 시간을 우리는 어떻게 보내며 살아왔을까요. 그냥저냥 되는 대로 살아오지는 않았을까요. 시간이 흐르고 난 뒤 후회 없이 살았다고 말할 수 있는 사람은 얼마나 될까요. 아마 그리 많지는 않을 것입니다.

시간은 말이 없습니다. 그저 정확히 흐를 뿐, 우리에게 어떻게 살라고는 단 한마디도 하지 않습니다. 사는 것만큼은 철저하게 우리 자신에게 맡겨 두고 그냥 흘러가기만 합니다. 우리는 이 소중한 시간을 어떻게 살아야 할까요. 해답은 인생을 사는 그 자신만이 가지고 있습니다. 지금 당신은 인생이라는 시간에 어떤 답을 써 가고 있나요.

14

흔들리지 않는
목표를 가져라

성공의 비결은 목적의 불변에 있다.

하나의 목표를 가지고 꾸준히 나아간다면 성공한다.

그러나 사람들이 성공하지 못하는 것은

처음부터 끝까지 한길로 나가지 않았기 때문이다.

최선을 다해서 나아간다면 만물을 굴복시킬 수 있다.

| 벤자민 디즈레일리

우리는 무엇이 되겠다, 또는 어떻게 하겠다는 목표를 세웁니다. 그러나 이렇게 세운 목표를 끝까지 가지고 가는 사람은 그리 많지 않습니다. 그래서 생겨난 사자성어가 '작심삼일'일 것입니다.

농촌의 어느 소년이 서울로 공부를 하러 갔다가 방학이 되어 집으로 돌아왔습니다. 집으로 돌아온 소년은 아버지가 농사일을 하느라 땀 흘리며 고생하는 것이 안타까워 아버지를 도와드리기로 했습니다. 아들의 말을 들은 아버지는 그러면 먼저 소를 몰고 밭을 갈아 보라고 하였습니다. 소년은 소를 몰고 밭을 갈기 시작했습니다. 그런데 서툰 쟁기질 때문에 밭의 고랑은 똑바르지 못하고 구부러지고 말았습니다. 반대로 아버지가 갈던 고랑은 반듯해서 자신이 간 고랑과 확연하게 대조가 되었습니다. 이 모습을 보고 있던 아버지가 아들에게 방법을 알려 주었습니다.

"처음 쟁기질을 할 때는 앞에 목표를 정하고, 그 목표를 보고 나가야 똑바로 갈 수가 있단다."

아버지의 말을 들은 아들은 목표를 찾다가 둑에서 한가로이 풀을 뜯고 있던 황소를 목표로 삼았습니다. 그러나 결과는 좀 전과 같이 구부러져 버렸습니다. 이 모습을 본 아버지가 다시 아들에게 말했습니다.

"네가 목표로 삼은 황소가 움직이기 때문에 너의 고랑도 구부러지는 것이란다. 움직이지 않는 것에 목표를 두고 다시 해 보아라."

아버지의 말을 들은 아들은 이번엔 움직이지 않는 포플러 나무를 목표로 세우고 다시금 밭을 갈기 시작했습니다. 그랬더니 정말이지 이번엔 고랑이 구부러지지 않고 곧게 갈아졌습니다. 아버지가 다가와서는 아들의 어깨를 짚으며 말을 했습니다.

"모든 것이 이와 같은 것이란다. 목표가 흔들리면 사람의 인생도 흔들리는 것이고 목표가 움직이지 않고 곧게 서 있으면 사람의 인생도 흔들림 없이 앞으로 나아가게 되는 거란다."

그대가 세운 목표는 지금 어떤 모습입니까? 흔들리는 모습입니까? 움직임 없이 곧게 서 있는 모습입니까? 목표는 결코 아무 가치 기준도 없이 남들이 가는 길이니까 무작정 따라가는 것이 아닙니다. 사람들이 세운 목표가 구부러지는 것은 움직이는 다른 사람을 따라 가기 때문입니다. 자신의 뚜렷한 가치 기준으로 세운 흔들리지 않는 목표를 바라보며 흔들림 없는 인생길을 가는 사람이 되십시오.

15

때로는 그냥
내버려 두라

······

떠도는 험담에 주의하라. 나쁜 평판을 얻기는 아주 쉽다.
나쁜 것은 더 그럴듯해 보이기 때문이다.

| 발타자르 그라시안

열심히 자기 일을 하면서 뜻한 바를 성취해 가다 보면 맞닥뜨리게 되는 것 중 하나가 누가 의도적으로 퍼뜨린 험담입니다. 그리고 이러한 말은 발 없는 말이 천리를 가듯 세상에 퍼지게 마련입니다. 그러나 뿌리가 없는 헛소문은 그냥 내버려 두면 제풀에 지쳐 사라지는 것이기도 합니다.

한나라 초기에 직불의라는 사람이 있었습니다. 직불의는 황제의 신임을 받아 고속 승진을 하고 있었습니다. 그러자 이런 모습을 본 누군가가 배가 아팠는지 유언비어를 만들어 사람들 속으로 흘려보내기 시작했습니다.

"직불의가 자기 형수와 간통을 했다더군."

이 소문은 삽시간에 퍼져 나갔고, 결국 돌고 돌아 직불의의 귀에까지 들어오게 되었습니다. 사실 직불의에게는 형님이 없었습니다. 참으로 어처구니없는 소문이 아닐 수 없었습니다. 세상에 있지도 않은 형수와 간통이라니……. 그러나 직불의는 개의치 않고 혼자 이렇게 중얼거릴 뿐이었습니다.

"허 참, 내겐 형님이라곤 없는데 어찌 이런 소문이……."

대개 이런 근거 없는 헛소문은 당사자가 변명하면 할수록 진실인 것처럼 보이게 마련입니다. 누군가가 그를 헐뜯기 위해 만들어 낸 이

거짓말은, 직불의의 무관심한 태도 때문에 시간이 지나자 바람처럼 사라져 버렸습니다.

이보다 전 직불의가 가난뱅이 시절엔 이런 일도 있었습니다. 그 당시 직불의는 동료 몇 사람과 한 집에 살고 있었는데, 어느 날 한 손님이 동료의 돈을 자기 것으로 착각하여 들고 가버리는 일이 발생하였습니다. 돈이 없어지자 돈 주인은 가난뱅이였던 직불의를 의심하였습니다. 그러자 그는 아무 변명도 하지 않고 돈 주인에게 머리 숙여 사죄한 다음 자신의 돈으로 배상해 주었습니다. 얼마 후 돈을 갖고 갔던 손님이 자신의 실수를 깨닫고 되돌아와 주인에게 돈을 돌려주었습니다. 직불의를 의심했던 돈 주인은 경솔했던 자신의 판단을 뉘우치며 백배 사죄했습니다.

참으로 안타까운 일이지만 이런 일은 지금도 수없이 일어나고 있습니다. 적수에게 치명타를 입히기 위해서, 라이벌을 제거하기 위한 방편으로, 남이 잘 되는 것이 배가 아파서 등등의 이유로, 다른 사람을 음해하는 짓을 하는 사람이 꽤 많은 게 현실입니다. 그러나 증거가 없는, 오직 상대를 음해하기 위해 조작된 소문은 그 생명이 그리 길지 못합니다. 그냥 내버려 두고 더욱더 자신의 일에 열의를 다하는 것, 이것이 이런 소문을 잠재우는 최선의 길입니다.

16

그래도
계속 가라

어쨌든 노력을 계속하라.
그렇게 하는 가운데 언젠가는 반드시
자신감과 용기가 솟아나게 될 것이다.

| 다란벨

다음 글은 1980년 2월 〈월스트리트 저널〉에 게재된 미국 유나이티드 테크놀로지사의 광고 문안입니다. 생활에 지친 사람들에게 잔잔한 감동과 파문을 주었던 광고였는데, 읽어 보면 가슴에 어떤 파장이 일어날 것입니다. 그리고 기분이 좋아질 것입니다. 가끔 낙담하게 될 때면 이 사람의 일을 생각해 보기 바랍니다.

"이 사람은 겨우 초등학교를 중퇴했습니다. 시골에서 구멍가게를 했습니다. 파산했습니다. 그 빚을 갚는 데 15년이나 걸렸습니다. 결혼을 했으나 매우 불행한 결혼이었습니다. 하원에 입후보했습니다. 두 번 연속 낙선했습니다. 상원에 입후보했습니다. 역시 두 번 실패했습니다. 역사에 남을 연설을 했습니다. 그러나 청중들은 무관심했고 신문에서는 연일 그를 비판했습니다. 반 이상의 국민들로부터 배척을 당하였습니다."

그렇지만 상상해 보세요. 세계의 얼마나 많은 사람들이 그저 링컨이라고만 해도 그 얼마나 감동 받았는가를. 단순하고 실패가 많으며 이 재주 없고 서투르며 무뚝뚝한 사람에게 말입니다. 그럼에도 불구하고 링컨은 계속 갔습니다. 이렇게 많은 실패를 맛보고서도 그는 걸음을 멈추지 않았습니다. 그리고 결국에는 미국의 대통령이 되었습니다. 그것도 노예제 폐지 등, 업적도 많이 이룬 위대한 대통령이 되었습니다.

당신은 지금 몇 번째 실패를 하고 계신가요. 그 실패에 기죽어 지내는 것은 아닌지요.

아직 멈출 때가 아닙니다. 계속 가야 할 때입니다. 계속 자기 길을 가는 자만이 결국 원하는 걸 성취할 수 있기 때문입니다.

광고 문안 밑에는 작게 쓰여진 다음과 같은 글이 실려 있습니다.

"우리나라가 어떤 나라가 되느냐는 우리 한 사람 한 사람이 어떻게 일하느냐에 달려 있습니다."

지금 당신은 어떻게 일하는 사람입니까.

17

때로는
과감해질
필요가 있다

위기의 시기에는
가장 대담한 방법이 때로는 가장 안전하다.

| 키신저

다음 글은 풀리지 않는 매듭에 관한 이야기입니다.

다리우스라는 페르시아 왕이 있었습니다. 그는 어느 날 그 누구도 풀 수 없는 매듭을 엮어 놓고는 이렇게 말했습니다.

"이 매듭을 푸는 사람이 소아시아의 지배자가 될 것이다."

이것을 사람들은 다리우스의 매듭이라고 불렀습니다. 많은 사람들이 온갖 지혜를 짜내 이 매듭을 풀려고 했지만 모두가 실패하고 말았습니다. 이때 알렉산더 대왕이 그 매듭을 살펴보더니 별안간 칼을 빼어 들었습니다. 그리고는 단칼에 매듭을 잘라 버렸습니다. 그러자 매듭이 우수수 풀렸습니다.

이와 비슷한 일화가 또 있습니다.

남북조 시대에 고환이라는 사람이 있었습니다. 어느 날 그는 자식들을 시험해 보기 위해 마구 뒤엉킨 삼타래를 각자에게 던져 주었습니다. 그리고는 말했습니다.

"자, 누가 이 엉킨 삼타래를 가장 먼저 푸는지 보겠다. 어서 시작하거라."

자식들은 아버지의 말을 듣고는 삼타래를 풀기 시작했습니다. 자식들은 삼을 한 가닥 한 가닥씩 뽑아 내어 차근차근 정리하였습니다. 그런데 이때 고양이라는 아들이 품에서 칼을 뽑더니 쓸모없는 가닥을 망설임 없이 잘라 버렸습니다. 그가 제일 먼저 엉킨 삼타래를 정리했음은 두 말할 필요가 없겠지요. 삼타래를 다 푼 고양이 아버지께 말했습니다.

"아버지 어지럽게 엉킨 것은 잘라 내야 합니다."

바로 이 고양이 훗날 엉킨 삼타래를 자르듯 천하를 평정하고 북제의 문선제가 된 사람입니다.

살다 보면 누구에게나 한 번쯤은 꼬이고 엉킨 실타래 같은 곤경과 접하게 되어 있습니다. 그럴 때 일일이 그 실타래를 풀어 가려고 하면 풀면서 다시 꼬이는 악순환을 되풀이하게 됩니다. 이때 무엇보다도 요구되는 게 과단성입니다. 과감한 결단으로 꼬이고 엉킨 실타래를 잘라 버리는 것입니다. 우리라고 알렉산더 대왕이나 고양 같은 사람이 되지 말라는 법은 없습니다. 지금 우리 인생을 힘들게 하는, 엉킨 실타래 같은 것은 무엇인가요.

18

위인들의
인생에도
얼룩이 있다

무슨 일이든 처음에는 곤란한 경우가 있다.

그 최초의 고비를 두려워하지 마라.

첫 고비를 넘기면 생각보다 일은 수월하게 넘어간다.

사람들은 첫 고비를 두려워하기 때문에 능히 해낼 수 있는 일을

어렵다는 핑계로 하지 않는다.

| 채근담

누구나 태어날 때 한 가지 재능을 가지고 옵니다. 다만 아직 우리 자신이 그것을 발견하지 못하고 있을 뿐입니다. 우리가 어떤 일을 하다 실패하는 것은 그것이 우리의 재능이 아니어서 그럴 때가 대부분입니다. 그런데 그 실패로 인해 의기소침해져 삶을 포기하는 사람들이 있는 것이 안타까운 일입니다.

남들이 보기에는 완전히 성공한 것처럼 보이는 사람들에게도 자신에게 실패한 부분이 있음을 인정하고 있습니다. 그중 한 사람인 알렉산더 대왕입니다. 알렉산더 대왕은 승승장구하며 전쟁에 이겼지만, 한 가지 전쟁에서는 이기지 못했습니다. 그것은 다른 적군과의 싸움이 아닌 바로 자신과의 싸움이었습니다. 알렉산더 대왕은 당시 알려져 있던 세계를 모두 정복했지만 자신의 급한 성질만큼은 어떤 방법으로도 다스리지를 못했습니다. 자신의 급한 성질을 다스려 보기 위해 끝없이 노력했던 알렉산더는 결국 그 방법을 찾지 못하자, 스스로 자신을 패배자라고 불렀습니다.

수많은 신하들로부터 충성 서약을 받은 나폴레옹도 진실로 사랑했던 아내 조세핀에게는 버림받았습니다. 정열을 다 바쳐 사랑했지만 조세핀으로부터 진실한 사랑을 받은 적은 한 번도 없었습니다.

괴테도 그랬습니다. 세계적인 시인이면서 작가인 그의 꿈은 원래

화가였습니다. 그는 젊은 시절 그림 그리기에 많은 시간을 투자하였습니다. 그런 어느 날 그는 자신이 그림에는 재능이 없다는 것을 알고는 그림 분야에서 실패를 인정했습니다.

아동문학에서는 타의 추종을 불허할 정도의 족적을 남긴 안데르센은 글로는 어린이들에게 감동을 주었지만 어린이와 직접 만나는 데는 서툴렀습니다. 어린이들이 그의 못생긴 얼굴을 싫어했기 때문입니다. 안데르센은 어린이들과 실제로 접할 수 없었던 자신을 패배자라고 생각했습니다.

위인들에게도 실패한 인생이 있다는 것을 새겨둘 필요가 있습니다. 그들이 성공한 것은 자신의 능력이 뛰어난 부문에서였습니다. 아무리 되고 싶다고 해도, 재능이 뒷받침되지 않으면 될 수 없는 것입니다. 예술 분야는 특히 그렇습니다. 능력이 있다고 모든 것을 잘할 수는 없습니다. 세상에 모든 것을 완벽하게 잘 해 내는 사람은 없습니다. 여기서 우리는 생각해야 합니다. 성공한 사람들이 성공한 것은 자신들에게 주어진 재능을 발견하고, 그것을 갈고 닦아 보석으로 만들어 낸 것임을.

자신에게는 자신만의 재능이 있습니다. 다른 무엇보다도 그것을 깨닫는 것이 자신의 인생을 어떻게 끌고 갈지를 알 수 있는 지름길입니다.

19

시련이 있는
이유를 알라

역경에 부딪혀서
고난을 극복해 본 일이 없는 사람은
자신의 참된 능력을 알지 못한다.

| 벤 존슨

생각해 보면 시련은 나무와 꽃을 자라고 피어나게 도와주는 거름과 같다는 생각이 듭니다. 다음은 왜 사람이 시련을 겪어야 하는지를 잘 설명해 주고 있습니다.

"하늘이 장차 사람에게 큰 소임을 내리려 하면, 반드시 먼저 그 사람의 마음과 뜻을 수고롭게 하고, 그 사람의 힘줄과 뼈를 고달프게 하며, 그 사람의 살을 배고프게 하고 그 사람의 몸을 비고 모자라게 만들어, 행하는 데 있어 그 사람이 하는 일을 거스르고 어지럽게 한다.

하늘이 장차 큰 소임을 내리려는 사람에게 이러하는 것은 그 사람의 마음을 흔들어 놓은 뒤 성품을 참게 만들어, 그 사람이 하지 못하는 일을 능히 참을성을 가지고 잘 해 내게 하기 위해서다."

맹자의 말입니다. 우리는 자라면서 많은 위인전을 읽거나, 위인들 이야기를 들었을 겁니다. 그 위인들 중 시련이나 역경을 겪지 않은 이는 아마 거의 없을 것입니다. 우리가 잘 아는 이순신 장군만 해도 간신배들의 중상모략에 엄청난 시련을 겪었습니다.

시련은 이겨 내라고 찾아오는 것이라는 어느 시인의 말이 떠오릅니다. 시련이 찾아오면 이겨 내는 사람이 됩시다. 그러면 내일은 분명 우리가 원하는 것을 얻을 수 있을 테니까요.

제 2 장

꿈은 보이지
않는 데서
시작된다

20

미래에 되고 싶은
모습처럼
현재를 살아라

명예롭게 살 수 있는 가장 확실하고도 간단한 방법은
남들에게 보이고 싶은 모습처럼 실제로 살아가는 것이다.

| 소크라테스

몰두할 수 있는 자신의 일을 가지고 있고, 그 일을 인정해 주는 사람을 만날 수 있다면 그 사람은 얼마나 행복한 사람일까요. 그 일이 아무리 보잘것없고 작은 일이라 할지라도 최선을 다한 자신의 모습을 그대로 인정해 주는 사람을 만난 사람은 얼마나 행복한 사람일까요. 세상에 많은 사람이 있어도 다른 사람을 인정해 주는 사람은 그리 많지 않습니다. 그 얼마 안 되는 다른 사람을 인정해 주는 사람을 만나는 행복을 우리가 얻는다면 어떨까요.

　물론 남에게 인정받기 위해 우리가 어떤 일을 하는 것은 아닙니다. 한 번뿐인 인생을 무의미하게 지내다 가는 것보다 의미 있게 살다 가기 위해서 우리는 일을 하는 것입니다. 누군가 알아주지 않더라도 우리는 열심히 사는 것입니다. 열심히 산다는 그 자체가 이미 아름다운 삶이니까요. 그러나 여기에 그 삶을 인정해 주는 사람을 만난다면 우리네 삶은 더 아름다워지지 않을까요. 더 행복해지지 않을까요.

　『곤충기』로 유명한 파브르가 아비뇽 중학교에서 교사로 재직하고 있을 때의 일입니다. 어느 날 파브르가 재직하고 있는 중학교에 문무대신인 빅토르 뒤리이가 방문하게 되었습니다. 그는 파브르가 학술잡지 등에 발표한 연구논문을 보고 파브르를 천재적인 과학자 겸 문필가로 인정하고 있었습니다. 문무대신이 중학교를 방문했을 때 파브르는 한창 실험에 몰두하고 있었습니다. 파브르를 보고 싶었던 문무대신은 직접 실험실을 찾아가 웃으며 반갑다고 악수를 청했습니다. 그러나 실험에 열중하고 있던 파브르의 손은 더러운 상태였습니다.

"대신님, 영광이지만 손이 더러워서……."

그러자 문무대신은 다음과 같이 말하며 파브르의 손을 잡았습니다.

"일하는 사람의 손이 더러운 것은 당연합니다. 당신이 쓴 논문을 잘 읽었습니다. 어떻습니까, 내가 당신의 실험실을 훌륭하게 만들어 주고 싶은데 말이오?"

문무대신의 이 말에 파브르는 고개를 저으며 말했습니다.

"아닙니다. 실험실은 지금으로도 충분합니다. 저의 더러운 손과 악수해 주신 것만으로도 족합니다."

파브르의 이 말에 감동을 받은 문무대신은 맞잡은 파브르의 손을 위로 치켜 올리며 외쳤습니다.

"여러분 이 손을 보시오!"

그러나 이때 문무대신을 따라왔던 사람들은 모두 파브르의 더러운 손을 보며 경멸스러운 표정을 지었습니다. 그리고는 중얼거렸습니다.

"역시 더럽군. 노동자의 손은 어쩔 수가 없단 말이야."

그러나 이들도 문무대신의 다음과 같은 말을 듣고는 부끄러움을 느끼게 되었습니다.

"이 손이야말로 확실히 일하는 손입니다. 나는 여러분들 중에 이런 손이 더 많아지기를 원하고 있습니다. 나는 이 손이 우리나라의 산업을 발전시키는 손이라고 믿고 있습니다. 더욱이 이 손은 펜도 쥐고, 현미경도 보고, 해부하는 메스도 쥘 줄 아는 손입니다. 여러분은 이러한 사실을 알고 있습니까?"

무슨 일이든 열심히 하다 보면, 그것을 인정해 주는 사람을 만나게 됩니다. 파브르와 문무대신의 손은 희망을 맞잡은 손이라는 생각이 듭니다. 상대에 대한 노고를 인정하고, 그러한 사람이 더 많이 나오기를 바라는 희망을 맞잡은 손 말입니다.

열심히 자신의 일에 매달려 보세요. 그러면 언젠가는 반드시 자신의 일을 인정해 주는 사람을 만나게 될 것입니다.

21

초일심,
최후심으로
살아라

·
·
·
·
·
·
·
·

시작은 잘하지만

끝까지 잘하는 예는 드물다.

| 시경

사람이 '오늘 마지막 보는 것이다'라는 생각으로 사람을 대한다면, 미운 마음 없이 사랑하는 마음만으로 사람을 대하게 될 것입니다. 이런 마음으로 사람을 대하며 하루하루 살아간다면, 만나는 사람도 기분 좋겠지만 자기 자신도 즐거운 삶으로 하루하루가 채워질 것입니다.

　"나는 여러분에게 초일심(初日心)을 권합니다. 누구나 처음에는 감격하고 좋아하고 열심입니다. 취직을 해도 갓 들어가서는 열심히 해야겠다고 생각하고 또 열심히 합니다. 부부도 처음에는 서로 좋아해서 화합되지, 싫어하는 사이에 부부가 되지는 않습니다. 그래서 첫날밤은 아름답고 추억에 남는 것입니다. 따라서 부부는 언제나 첫날밤 같은 마음으로 지내야 할 것입니다. 우리는 모든 생활을 이 처음 가지는 마음으로 영위해야 합니다. 그렇지 않으면 마음에 감동이 없고, 마음에 감동이 없으면 육체에 감동이 없으며, 마음과 육체에 감동이 없으면 생명에 감동이 없는 법입니다.

　다음으로 나는 최후심(最後心)이라는 걸 권합니다. '마지막 본다, 마지막 대한다, 마지막 만난다'라고 생각하라는 것입니다. 오늘 하루만 보는 날이라고 생각할 때, 어떻겠습니까? 미운 생각, 싫은 생각이 나겠습니까? 따라서 나는 이 초일심과 최후심으로 여러분이 살아갈 때에, 세상에서 원만히 화합하고 아름다운 삶을 영위하리라는 걸 믿어 의심치 않습니다."

일본의 요가 지도자이자 종교가인 오키 마사히로의 말입니다.

그의 말처럼 우리가 사람을 만날 때나 일을 할 때, 처음 시작할 때의 마음가짐만 잃지 않는다면 불협화음이나 절망에 빠져드는 일은 없을 것입니다. 처음 사랑을 느꼈을 때의 마음가짐이 평생 지탱될 수 있다면, 그 사랑은 끝까지 행복을 잃지 않을 것입니다. 또 처음 시작할 때의 마음가짐으로 평생 노력하며 일을 한다면, 시련은 있을지 모르나 결국엔 기쁨을 얻을 것입니다.

삶에서 초지일관하는 자세는 아주 중요합니다. 초지일관할 수 있는 삶을 살 수 있는 건, 사람과 일에 믿음과 희망을 갖고 있을 때만 가능한 것이기 때문입니다. 위의 글에서 마음을 따뜻하게 하며 깨달음을 주는 글귀는 최후심으로 사람을 대하라는 것입니다. 초일심으로 일하고 최후심으로 사람을 대한다면, 적어도 그 삶은 불행해지지 않을 것입니다.

22

자신을
당당하게
표현하라

· · · · · · · ·

독창의 공덕은 참신함에 있는 것이 아니라

진지함에 있는 것이다.

확신이 있는 사람은 독창적인 사람이다.

| T. 칼라일

아무리 좋은 물건을 만들어 놓아도 그것을 사람들에게 인식시키지 못하면, 그 제품을 제대로 평가받기가 어렵습니다. 기업이 새로운 제품을 만들면 가장 먼저 홍보에 역점을 두고, 광고에 매달리는 것은 새로운 제품이 기존의 제품보다, 그리고 타사 제품보다 무엇이 다르고 좋은지를 알려 시장을 선점하기 위한 것입니다. 기업이 제품의 이름을 짓는 것부터 시작해서 홍보에 전력을 다하는 것은, 기업이란 모름지기 자사의 물건을 팔아 이익을 남겨야 살아남는 조직이기 때문입니다. 그리고 그 중심에 새로운 제품 개발과 그 제품을 효율적으로 알릴 수 있는 홍보가 있습니다. 홍보의 결과가 어떻게 나오느냐에 따라 그 일의 성과도 판이하게 달라질 수 있기 때문입니다.

영국의 헨리 4세 시절, 부녀자들의 사치가 날로 심해지자 정부에서는 이 같은 풍토를 막아 보려고 무던히도 애를 썼습니다. 여러 방법으로 계몽에 나서 보기도 하고 주의를 환기시키고자 특단의 조치도 발표해 보았으나 효과는 별로 없었습니다. 의복 따위에 황금이나 보석을 장식하는 것을 금지시키는, 강제성을 띠는 법을 만들어 공표하기도 했지만 효과는 그때 잠시뿐, 사치는 수그러들지 않았습니다. 이런저런 방법을 동원해도 사치 향락 풍조가 개선되지 않자 정부는 난감했습니다.

만든 법을 폐지할 수도 없고 더 강력한 법을 만들 수도 없는 형국에 놓인 정부는 머리를 싸매고 국민들이 따르게 할 방법을 찾고 또 찾다가 기발한 생각을 하게 되었습니다. 공표한 법에다 새로운 사항 하나를 추가하는 것이었습니다.

이것은 대성공이었습니다. 추가한 문구는 다음과 같았습니다.

"매춘부와 소매치기에게는 이 법이 적용되지 않는다."

이 사항을 새로이 추가해 법을 공포하자, 영국의 시내에는 매춘부와 소매치기로 불릴 만한 사치품을 몸에 걸치고 다니는 사람은 눈에 띄게 줄었습니다. 어느 누구도 매춘부나 소매치기로 오해받기 싫었기 때문입니다.

정말 기발한 발상이란 생각이 듭니다. 무엇인가를 잘 전달하기 위한 홍보는 기발한 발상이 중요합니다. 경쟁시대를 살고 있는 요즘 개인에게도 홍보는 아주 중요하게 되었습니다. 예전부터 자기 피알(PR) 시대란 말이 있었지만 지금은 누군가에게 자신의 가치를 직접 표현하고 어필하는 것이 무엇보다 중요하게 되었습니다. 겸손한 것도 좋지만 어느 정도는 자신의 가치를 인식시킬 필요도 있습니다.

세상은 마치 홍보의 홍수에 덮여 있는 듯이 보입니다. 그리고 그 많은 홍보 속에서 살아남는 홍보는 단 몇 개에 불과합니다. 그 단 몇 개의 홍보를 해 내기 위해 많은 사람들은 지금도 피나는 노력을 하고 있습니다.

지금 우리는 자신이라는 상품을 세상에 알리기 위해 어떤 노력을 하고 있을까요? 세상이 자신을 주목하게 만드는 것은 어느 누구도 아닌 바로 자기 자신입니다.

23

불성실은
인생을 낭비하는
빠른 길이다

내가 알기로 인생에서 가장 소모적인 일은

불성실이다.

| 앤 머로우 린드버그

인생의 선배들은 재능보다 성실함이 먼저라는 말을 자주 합니다. 그 무엇보다도 성실한 것이 인생을 살찌우는 데 있어서는 가장 크게 작용하기 때문입니다. 우리 속담에 '한 우물을 파라'는 말이 있습니다. 이 속담만큼 성실이 무엇인지를 함축해 놓은 말도 없다는 생각이 듭니다. 하나의 목표를 정해 놓고 그 길을 향해 온 정열을 다 불사르는 것, 그러다 보면 크게 성공하진 못한다 하더라도 적어도 후회 없는 삶을 살게 될 것입니다. 그러나 성실하다는 것은 꼭 한길로만 가야 한다는 말은 아닙니다. 어느 길을 가든 건성으로 하지 말고 열심히 그 일에 임하라는 말입니다.

　일자리를 구하고 있던 한 청년이 신문에 실린 구인광고를 읽더니 피식 하고 웃었습니다. 정원사를 구하는 광고였는데 너무나 이색적이었기 때문입니다. 그 광고에는 다음과 같은 문구가 적혀 있었습니다.
　'전에 입던 작업복 바지를 필히 가지고 오시오.'
　그 청년은 조금은 어리둥절했지만 호기심도 있고 해서 누덕누덕 기운 작업복 바지를 가지고 그 집으로 갔습니다. 광고를 낸 사람은 노부인이었는데, 그녀는 어딘지 모르게 괴팍스러워 보였습니다. 노부인은 청년이 가지고 온 바지를 이리저리 한참 살펴보더니 그를 채용하겠다고 밝혔습니다. 그때 작업복 바지를 가져오라고 한 것이 궁금

했던 청년이 노부인에게 물었습니다.

"아무짝에도 쓸모없는 낡은 작업복 바지를 무엇 때문에 가지고 오라고 했는지요?"

그러자 노부인은 청년의 작업복 바지를 흔들어 보이면서 대답했습니다.

"젊은이의 바지는 무릎을 기웠더구먼. 난 엉덩이 쪽을 기운 바지를 가지고 온 두 명의 남자를 벌써 퇴짜 놓았다오."

노부인의 면접법이 참으로 기발하다는 생각이 듭니다. 엉덩이를 기운 바지는 그만큼 성실하지 못하고 놀았다는 증거이니 퇴짜를 놓은 것이고, 무릎을 기운 바지는 그만큼 성실하게 일했다는 증거이니 뽑은 것이지요.

성실함에다 능력까지 지닌다면 IMF가 다시 온다 해도 그 사람은 잘 견뎌낼 수 있을 것입니다. 성실하다는 것은 사람들에게 무형의 재산인 신뢰를 심어 줍니다. 그것은 다른 어느 재산보다도 커다란 재산을 저축해 놓은 것과 다를 것이 없습니다. 시대가 변해도 성실함은 여전히 성공의 등불이라는 생각이 듭니다.

24

아무것도
하지 않았다는 것이
죄다

우리들의 인류에 대한 최대한 죄는
그들을 미워하는 것이 아니고 무관심한 것이다.
그것은 비인간의 정수精髓다.

| G. 로소

우리나라가 지금의 민주화를 이루는 데는 참으로 많은 사람들의 피와 고통이 섞여 있다는 것을 모르는 사람은 거의 없을 것입니다. 불의의 권력 앞에 저항했던 사람들과 참여하지 않았으나 무언의 박수를 보낸 대다수의 국민에 의해서 지금의 민주화는 이루어진 것입니다. 불의 앞에서 세상을 아름답게 세운 것은 소수의 선각자와 다수의 국민이었던 것입니다.

　우리나라는 반도 국가로서, 그 지리적 중요성 때문에 많은 외침을 받았습니다. 일제의 침략에 의한 식민지 시대가 빌미가 되어 애통하고 분하게도 같은 민족끼리 총칼을 겨누는 동족상잔까지 겪었습니다. 그리고 그 전쟁은 지금까지 끝나지 않은 상태로 나라가 남과 북으로 나뉘어 있습니다. 이런 지난 역사와 지금 만들어져 가고 있는 역사를 보며 꽤 오래전에 본 영화 한 편이 떠오릅니다.

　한 사람이 감옥에 갇히게 되었습니다. 그 사람은 자신이 여기 잡혀 온 다른 사람들과 다르기 때문에 그들과 똑같은 죄목으로 처형당하는 것은 억울하다고 외치고 있었습니다. 다른 사람들은 모두 저항 운동을 하다가 잡혀 왔으니 처형이라는 극형을 받아도 무방하지만, 자신은 장사나 해 돈이나 벌며 조용히 지내다 잡혀 온 사람이니, 저들과 똑같은 형벌은 너무하다는 것이었습니다. 한마디로 자신은 잘못

잡혀 온 사람으로 억울하다는 거였습니다. 그는 정말로 저항운동과는 아무런 관계도 없었으며 또한 관심도 없는 사람이었습니다.

"나는 아무것도 하지 않았다. 나는 저항운동을 한 일이 없다. 그런데 내가 왜 이런 곳에 끌려와서 억울하게 죽임을 당해야 한단 말인가?"

이때 순순히 처형을 기다리고 있던 한 저항운동가가 사내에게 다음과 같이 말했습니다.

"아무것도 하지 않았다는 것, 그것이 바로 당신이 죽어 마땅한 이유요. 전쟁은 5년 동안이나 계속 되었소. 그리고 수백만 명의 무고한 사람들이 피를 흘렸고, 수많은 도시들이 파괴되었소. 조국과 민족은 멸망 직전의 풍전등화에 직면하고 있소. 그런데도 대체 당신은 왜 아무 일도 하지 않았단 말이오."

〈로베레 장군〉이라는 영화에 나왔던 장면입니다. 너무나 정곡을 찌르는 대사지요. 지금 일본은 다시금 우경화 노선을 걸으며 군사대국화의 신호를 보내고 있고, 중국 역시 무섭게 성장하는 경제력을 발판으로 유인 우주선을 성공적으로 쏘아 올리고 있습니다. 주변 강대국에 둘러싸여 있는 우리로서는 정신을 새롭게 무장해야 할 것 같은 마음이 듭니다.

아무것도 하지 않았다는 것이 죄가 되는 세상. 다시는 그런 세상이 오지 않았으면 합니다. 지금 우리에게 필요한 것은 바로 '유비무환'이지요. 유비무환만큼 현재는 물론 미래도 평화롭게 하는 방법은 없습니다.

25

용기에
끈기를
더하라

· · · · · · · ·

우리가 뭔가를 쉽게 이루기를 원한다면,

그보다 앞서 먼저 성실히 일하는 것부터 배워야 한다.

| 새무얼 존슨

　스티븐 연구소에 근무하는, 인간공학의 권위자인 오코너 박사가 한 기자와 인터뷰를 한 적이 있습니다. 그 인터뷰 내용이 흥미로워 여기에 소개하고자 합니다.

　오코너 박사는 기자에게 모든 적성검사에서 나쁜 성적만 받는 사람이 있었느냐는 질문을 받았습니다. 박사가 대답했습니다.

　"아주 소수이긴 하지만 모든 결과에서 나쁜 결과가 나오는 사람도 있었습니다. 평균적으로 8천 명 중에 한 명 꼴로 모든 검사에서 조치 불가라는 결과가 나옵니다."

　그때 기자가 다시 물었습니다.

　"그럼 이런 사람들을 어떻게 도와주고 계십니까?"

　그러자 박사는 손을 내저으며 대답했습니다.

　"아무것도 도와주지 않습니다. 별로 걱정할 필요가 없기 때문입니다. 그런 사람들은 우리를 조금도 성가시게 하지 않습니다. 왜냐하면 그들은 보통 회사 사장이거나 자유업에 종사하고 있기 때문입니다."

　그러나 기자는 납득이 가지 않는다는 표정을 지으며 질문을 이어 갔습니다.

　"천부적인 재능이 전혀 없는 사람이 어떻게 사장이 될 수 있습니까?"

그러자 박사는 미소를 지으며 명쾌하게 대답했습니다.

"이런 사람들은 어떤 일도 쉽게 습득하지 못합니다. 그래서 젊었을 때부터 끈기 있게 일에 매달리게 되죠. 오랜 시간 열심히 일을 하다 보면 그만큼 인내심이 생기고, 인간의 가장 큰 재산인 용기와 경험이 축적됩니다. 이것이 성공의 원동력이 되는 것이죠."

기자는 그때서야 고개를 끄덕였습니다.

어렸을 땐 두각을 나타내는 재능이 있었으면서도 커서는 그 재능을 발휘하지 못하고 그저 평범하게 살아가는 사람들이 있습니다. 거기엔 여러 가지 이유가 있겠지만 그중 하나가 재능만 믿고 노력을 하지 않았기 때문이라는 것이 많은 전문가들의 공통된 의견입니다. 오코너 박사의 말은 '1%의 영감과 99%의 노력'이라는 에디슨의 말을 떠올리게 하고, 바로 그의 말을 증명해 보이고 있습니다.

재능이 없는 것이 문제가 아니라 노력하지 않는, 즉 성실하지 않은 것이 문제라는 것이죠. '천부적인 재능이 없어도 성실하면 성공한다'는 오코너 박사의 말을 늘 가슴에 새기고 살아가면 언젠가 우리에게도 성공의 날이 올 것입니다.

26

마음을 바꾸면
인생도 바뀐다

인간은 자신의 마음의 태도를 변화시킴으로써

인생을 변화시킬 수 있다.

| 윌리엄 제임스

사람은 누구나 실수를 합니다. 불완전한 존재이기 때문이기도 하지만 처해진 상황이 그렇게 만들 때도 있습니다. 중요한 것은 자신의 실수를 얼마나 빨리 깨닫고 고치느냐 입니다. 다음은 이와 관련된 좋은 본보기의 글입니다.

　안자라는 사람이 재상으로 있을 때의 일입니다. 그는 재상으로 있는 동안 틈틈이 시간을 내어 수레를 타고 민정을 살피러 다녔습니다. 그런 어느 날 그의 수레를 모는 마부의 아내가 안자의 행렬을 보게 되었습니다. 아내가 바라보니 자신의 남편이 수레 위의 큰 양산 아래서 채찍을 휘두르며 거만하게 우쭐대며 말을 몰고 있었습니다. 왜냐하면 그가 모는 수레가 이 나라 일인지하 만인지상의 재상 안자를 태우고 있는 까닭이었습니다.

　이 모습을 본 마부의 아내는 남편이 집에 돌아오자마자 곧바로 보따리를 싸서 집을 나갔습니다.

　"아니, 부인 대체 왜 이러는 것이오? 왜 집을 나가는지 그 이유를 말해 보시오?"

　마부가 놀라 뒤쫓아 가서 물었습니다. 그러자 아내가 굳은 표정을 하고는 말했습니다.

　"이 나라 재상인 안자께서는 키도 작지만 한 나라의 재상으로 많은 국민으로부터 추앙받고 있습니다. 학식은 얼마나 깊은지요. 게다가 태도는 또한 얼마나 겸손합니까? 그런데 당신은 키가 팔척 거구이면서도 남의 수레나 모는 주제에 그 거들먹거리는 것이 실로 가관입니다. 제가 당신 같은 사람에게 무슨 희망을 걸고 함께 살 수 있겠습니까?"

아내의 말을 들은 남편은 크게 뉘우치고는 이후로 아주 겸손한 사람이 되었습니다. 어느 날 안자가 그의 태도가 변한 것을 깨닫고는 이유를 물었습니다. 그는 아내의 이야기를 안자에게 그대로 해주었습니다. 이에 안자는 고개를 끄덕이더니 그에게 벼슬자리를 주었습니다.

'잘못을 하는 것이 나쁜 것이 아니라 같은 잘못을 반복하는 것이 나쁜 것이다'라는 말이 있습니다. '한 번 실수는 병가지상사'라는 말도 있고요. 아내의 말을 듣고 자신의 잘못을 고친 마부에게 돌아온 것은 벼슬자리였습니다. 여기에서 보듯 사람은 한 번 잘못된 길로 들어섰다고 해서 그 방향을 바꾸지 못하는 기계가 아닙니다. 길을 잘못들었다는 것을 알면 얼마든지 올바른 길로 방향을 바꿀 수 있고 동시에 새롭게 출발할 수 있는 존재입니다.

27
진실이
마침내는
이긴다

절벽에서 떨어지고 있는 상황일지라도

아무것도 할 수 없는 것은 아니다.

| 로버트 슐러

　세상을 살아가다 보면 자기도 모르는 모략에 빠져 위기를 겪을 때가 있습니다. 모략이란 정당한 방법으로 상대를 이길 수 없을 때 쓰는 방법이므로, 당한 사람이 정신만 차리고 차분히 대처를 한다면 빠져나올 수 있는 길이 있을 것입니다. 진실은 먹구름에 가려진 태양 같은 것이므로, 언젠가는 반드시 모습을 드러내게 돼 있습니다.

　진나라 문공 때의 일입니다. 왕의 식사시간이 되어 주방의 신하가 고기를 꼬치에 구웠습니다. 그런데 문공이 고기를 맛있게 먹으려는 순간 그 꼬치에 머리카락이 붙어 있는 것을 발견하게 되었습니다. 문공은 몹시 화가 나서 주방의 신하를 잡아들였습니다.

　"너는 내가 목이 막혀 죽기를 바라느냐? 어찌하여 고기에 머리카락이 붙어 있느냐?"

　그러자 신하는 털썩 엎드려 눈물을 흘리며 말했습니다.

　"폐하 제가 죽을 때가 되었나 봅니다. 제게 다음과 같은 세 가지 죄목이 있습니다. 우선 첫째는 가장 좋은 숫돌로 칼을 갈아 보검보다 더 날카로웠으나 고기만 잘랐지 머리카락은 잘려 나가지 않은 죄입니다. 둘째는 나무꼬챙이로 고기를 꿰었는데 그때도 머리카락을 발견하지 못한 죄입니다. 셋째는 고기를 이글거리는 화로 위에다 걸어 놓고 오랫동안 구웠는데도 그 머리카락을 태우지 못한 죄입니다."

이 말을 들은 문종은 뭔가 집히는 것이 있어 주방에 있는 다른 신하들을 모두 잡아다 문초를 하였습니다. 그랬더니 그중에 꼬치를 만든 신하를 해치고자 일부러 머리카락을 붙인 자가 있었습니다. 만약 꼬치를 만든 신하가 음식 만드는 방법을 조리 있게 설명하지 못했다면 다른 신하가 음해하려는 것을 전혀 알지 못했을 것입니다.

세상은 나만 잘한다고 위험에 빠지지 않는 곳이 아닙니다. 안타깝게도 애꿎은 사람을 시기심으로 인해 위험에 빠뜨리려는 사람이 적지 않게 있는 게 세상입니다.

정정당당한 경쟁, 선의의 경쟁만 있다면 세상은 참으로 아름다울 것입니다. 그리고 누구나 열심히 살려는 마음을 갖고 최선을 다해 노력할 것입니다.

그러나 세상이 부당하고 불합리한 방법으로 돌아간다 하여도 자기가 하는 일에 대해 열심히 노력은 해야겠지요. 노력은 결국 시기심이나 부당한 방법을 이길 수 있는 최선의 방법이니까요.

28

가난이
우리에게
주는 것들

· · · · · · · · ·

부는 인간을 위해서 존재하는 것이지
인간이 부를 위해 존재하는 것은 아니다.
따라서 경제적 능력이 건강한 인간사를 방해할 수 없도록
항상 경계해야 한다.

| E. 프롬

누구나 가난을 싫어하고 두려워합니다. 가난하면 꿈도 이룰 수 없다고 생각하는 사람들도 많습니다. 그러나 가난한 것이 조금 불편하고 힘들 뿐이지 우리가 가슴속에 품은 포부를 향해 가지 못하게 하는 것은 아닙니다.

　옛말에 '가난 구제는 임금님도 하지 못한다'는 말이 있습니다. 이 말은 가난은 자기 스스로가 구제해야 한다는 말과 다르지 않은 것입니다. 그렇습니다. 누구의 도움으로는 구제할 수 없는 게 가난이라면, 자신 스스로의 힘으로 구제할 수 있는 게 가난이라면 가난에서 벗어나기 위해 젊음을 한번 불태워 보는 것은 어떨까요. 그런 마음가짐으로 용기 있게 떨쳐 일어난 가난한 젊은이들을 향해 A. 로얼은 다음과 같이 외치고 있습니다.

　"젊은이여! 가난하다고 스스로 얕보고 비웃지 마라. 가난이야말로 그대의 재산이다. 튼튼한 수족과 굳센 마음, 무슨 일이든 꺼리지 않고 할 수 있는 힘. 그대는 참을성 있고 작은 것도 고맙게 생각한다. 슬픔을 가슴에 품고 지그시 견디는 용기가 있다. 우정이 두텁고 곤란한 사람을 도울 줄 아는 상냥한 마음씨가 있다. 이것이 그대의 재산이다. 이러한 재산은 임금님도 상속하고 싶어 한다는 것을 알아라. 그대가 가난하기 때문에 얻은 귀한 재산임을 기억하라."

'마음먹기 나름'이라는 말을 들어보았겠지요. 마음먹기에 따라 세상은 행복하게 보일 수도 있고 불행하게 보일 수도 있습니다. 받아들이는 사람들 각자의 마음가짐이 자신을 행복하게 만들 수도 있고 불행하게 만들 수도 있는 것입니다. 가만히 보세요. 물질적으로 풍요로운 사람인데도 불행하게 살아가는 사람이 있고, 물질적으로 빈곤한 사람인데도 행복하게 살아가는 사람을 볼 수 있습니다. 이것은 물질적인 부와 정신적인 부가 꼭 일치하는 것은 아니기 때문입니다. 이렇듯 마음먹기에 따라 우리는 우리 자신의 삶을 얼마든지 행복하게 만들 수 있습니다.

A. 로얼의 외침처럼 가난도 재산일 수 있습니다. 가난하기 때문에 가난한 사람을 누구보다도 잘 이해할 수 있고, 가난하기 때문에 다른 사람보다 더 노력하다 보면 '자수성가'란 문패의 성공이 찾아들게 되고, 그러면 스스로에 대한 평가도 후회보다는 만족이 더 크게 가슴을 채워줄 것입니다.

가난은 부유함이 주는 나태함으로 그냥 사라질 수도 있는 능력을 만발한 꽃처럼 피어날 수 있게 해주는 원동력임을, 가난에 기죽지 않고 분발하는 사람은 언젠가 알 수 있습니다. 땀 흘려 노력하는 사람은 언젠간 알 수 있습니다.

29

옳고 그름은
사심 없이
판단하라

· · · · · · · · ·

우리는 올바른 행동이 무엇인지 알고 있다.
어려운 것은 그 행동을 실제로 하는 것이다.

| 노먼 슈워츠코프

세상을 살아가다 보면 많은 일들이 벌어집니다. 그리고 벌어진 모든 일에는 반드시 옳고 그름이 존재하고 있습니다. 일에 있어서 옳고 그름을 나눠 사사로운 마음에 쏠리지 않고 공명정대하게 처리한다면, 세상에 억울함을 호소하는 사람은 거의 없을 것입니다. 그런데도 많은 부분에 있어서 사람들은 '유유상종, 동병상련, 가재는 게 편'의 잣대로, 옳고 그름 이전에 누가 더 자신의 입장과 비슷하고 가까우냐에 따라서 일을 처리하고 있습니다. 이것이 세상은 불공정하고 불평등하게 돌아간다는 생각을 갖게 하는 원인입니다. 공명정대한 일 처리만이 사람을 하나로 모이게 하고 서로의 잘못을 사죄하고 용서하게 하며, 오래도록 평화를 누릴 수 있는 큰 방편입니다.

곽해라는 협객이 있었습니다. 당시의 협객은 일개 서민이면서도 자신의 무리를 거느리고 있었습니다. 곽해는 잘생기지도 못한 데다가 말주변도 뛰어나지 못한 사람이었습니다. 그런데도 사람들이 유독 그를 따랐습니다. 어째서 그랬을까요?

곽해에게는 시집간 누이가 있었습니다. 그 누이에게는 아들이 있었는데, 그 아들은 곽해의 권력을 믿고 시장 바닥을 헤집고 다녔습니다. 그러던 어느 날 누이의 아들, 즉 조카가 싫다는 친구를 막무가내로 술집으로 끌고 갔습니다. 조카는 술을 마시지 않겠다는 친구에게

화를 내며 급기야는 칼을 빼서 휘둘렀습니다. 친구는 당황한 나머지 방어 차원에서 대항하다 그만 곽해의 조카를 죽이는 실수를 범하고 말았습니다. 어쨌든 얼떨결에 살인을 하게 된 친구는 겁이 나서, 줄행랑을 놓고 말았습니다. 졸지에 아들을 잃은 누이는 화가 나서 곽해에게 아들의 복수를 부탁했습니다. 곽해는 부하들을 풀어 그 친구의 행방을 쫓기 시작했습니다. 그러자 도저히 도망갈 길이 없다고 생각한 조카의 친구는 제 발로 곽해를 찾아왔습니다. 그리고는 살인을 하게 된 자초지종을 밝혔습니다. 이야기를 다 들은 곽해는 고개를 끄덕이더니 이렇게 말했습니다.

"그놈은 죽어도 싸다. 자네는 죄가 없네. 하지만 관가에서 이미 수배령이 내렸으니 어서 도망가게."

이 일로 인하여 곽해의 인기는 더욱 높게 치솟았습니다. 그는 옳고 그름을 따져 공명정대하게 일을 처리하였습니다. 이것이 사람들이 그를 따르게 한 참모습이었습니다. 곽해 역시 조카를 잃은 아픔이 컸겠지만, 사적인 감정을 접고 판결은 올바르게 했던 것입니다.

30

유혹은
원칙으로
이겨라

패배보다 승리 때문에

몰락하는 사람이 더 많다.

| 엘리너 루스벨트

제나라 환공이 숙적 노나라와 싸워서 승리한 다음 회담을 열게 되었습니다. 높은 단을 쌓고 그 위에서 제나라 환공과 노나라 장공이 마침내 마주 앉았습니다. 노나라 장공이 항복 문서에 조인을 하면 회담은 끝나게 되는 것입니다. 그런데 갑자기 노나라 장군인 조수가 번개 같이 단 위로 올라와 환공의 목에 칼을 들이대면서 말했습니다.

　"폐하, 우리에게 빼앗아 간 땅을 돌려주시겠습니까? 아니면 목숨을 내놓으시겠습니까?"

　상호 존중해야 하는 회담장에서 벌어진 어처구니없는 사건이었습니다. 깜짝 놀란 환공이 얼떨결에 땅을 돌려주겠다고 하고 말았습니다.

　"좋아, 돌려주도록 하지."

　이렇게 해서 회담은 흐지부지되었고, 양국의 제후들은 단하로 내려왔습니다.

　제나라 환공은 다급한 나머지 조수의 협박에 넘어가기는 했지만 생각하면 생각할수록 괘씸하기 짝이 없었습니다.

　"어찌 전쟁에서 패한 나라의 장수가 항복문서를 조인하는 자리에서 승자인 나에게 칼을 들이대고 협박을 할 수 있단 말인가?"

　환공은 조수의 목을 베고 약속을 취소하려고 했습니다. 그러자 명재상이었던 관중이 말렸습니다.

　"폐하, 부득이한 경우를 당했다 할지라도 약속은 약속입니다. 지금 폐하께서는 조수의 목을 베기란 손바닥 뒤집기보다 쉬울 수 있습니다. 그러나 약속을 지키지 않는다면 신의에 어긋날 뿐만 아니라 천하의 웃음거리가 될 뿐입니다."

관중의 간곡한 말에 환공은 마음을 바꿔먹었습니다. 그리하여 자신의 입에서 나온 한마디 말을 지키기 위해 그는 노나라의 땅을 모조리 되돌려 주었습니다. 그러자 세상 사람들의 찬사가 쏟아지기 시작했습니다.

"환공은 신의가 있는 군주다."

환공이 제후들을 규합하여 춘추전국시대 최초의 패권을 차지하게 된 것은 그로부터 불과 1년 뒤의 일이었습니다.

31

어떤 사람을
곁에 둘 것인가

어리석은 사람의 길동무는 되지 말라.

| 법구경

자신의 인생은 자신의 생각에 의해서 돌아갈 것 같지만 그렇지 않을 때도 많습니다. 사람이 산다고 하는 것은 다른 사람들과 어울려 살아간다는 것이기 때문입니다.

　노나라에 복자천이라는 사람이 있었습니다. 그는 단부라는 고을의 현령으로 가게 되었는데, 가기 전에 양주라는 현인을 찾아가 좋은 현령이 될 수 있는 방법을 물었습니다. 양주는 그때 강가에서 낚시를 하고 있었는데, 복자천의 질문을 받자 낚싯줄을 거두면서 말했습니다.

　"나 같은 사람이 어찌 백성을 다스리는 방법을 알겠는가? 다만 낚시를 좋아하니 고기를 낚아 본 경험이나 이야기해 주겠네."

　"그 경험이 무엇인가요?"

　복자천은 궁금하다는 듯 물었습니다.

　"허허, 급하긴. 낚싯줄을 드리우자마자 미끼를 무는 놈은 대개 피라미들일세. 그놈들은 살도 없고 맛도 없지. 그런데 한참 시간이 지나도 미끼를 무는 듯 마는 듯 하는 놈들이 있네. 그놈들은 대개 고기 살도 많고 맛도 있지."

　양주는 여기까지 말하고는 자리를 털고 일어났습니다. 복자천도 그 말이 무엇을 뜻하는지 짐작이 갔으므로 예를 갖추고 물러나왔습니다. 얼마 후 복자천은 현령으로 부임하기 위해 단부를 향해 출발했습니다. 그런데 성에 이르기도 전에 그를 맞이하러 나온 관원들이 길 양편에 길게 늘어서 있었습니다. 이 모습을 본 복자천이 마부에게 일 렀습니다.

"어서 말을 달려라. 저 사람들이 바로 양주 어른이 말하는 피라미 들이다."

그리고는 단부에 이르자 복자천은 그 지방에서 있는 듯 없는 듯 드러나지 않고 있던 초야의 선비들을 초빙하여 함께 단부를 다스렸습 니다.

어느 사람을 곁에 두느냐에 따라 자신의 이름이 빛나기도 하고 더 럽혀지기도 하는 것입니다. 좋은 사람을 만나는 것도 살아가는 데 복 이 아닐 수 없습니다. 중요한 것은 어떤 사람과 어울려 살 것인가를 선택할 수 있는 기회는 자신에게 주어져 있다는 것입니다. 복자천처 럼 현명한 사람에게 조언을 구할 수 있는 열린 생각을 가지고 있다면, 언제나 자신의 곁에 좋은 사람을 두고 살아가는 복을 누릴 수 있을 것입니다.

32

의심하지
말고
믿어라

....

소인을 대접하기에는
엄하기가 어려운 것이 아니라
미워하지 않기가 어렵다.
군자를 대접하기에는
공손하기가 어려운 것이 아니라
예의를 지키기가 어렵다.

| 채근담

118

관우와 조조와 화타에 관한 이야기입니다.

삼국시대 촉나라의 관우는 위나라와 전투를 하던 중 적장 방덕의 화살에 맞아 팔이 곪고 독이 뼈까지 스며들었습니다. 당시 명의로 소문난 화타가 홀연 찾아와 상처를 살핀 다음, 마취를 하고 뼈에 스민 독을 칼로 긁어내야겠다고 말했습니다. 그러자 관우는 다음과 같이 말했습니다.

"마취를 하고 말 것도 없소. 이 팔은 당신이 알아서 하구려. 나는 남는 팔로 바둑이나 두겠소."

관우는 한쪽 팔을 화타에게 맡기고 부하장수 주창과 태연히 바둑을 두었습니다. 화타가 상처 부위를 칼로 도려내고 뼈를 긁어내도 관우는 눈썹 하나 깜박이지 않았습니다. 피가 대야에 넘쳐흐르자 주위 장수들이 오히려 두려움에 떨었습니다.

치료가 끝난 후 화타는 관우에게 말했습니다.

"장군께서는 여태껏 제가 만나 본 환자 중에 제일 명환자이십니다."

그러자 관우가 웃으며 말했습니다.

"선생이 명의라는 건 세상이 다 아는 사실인데, 내가 어찌 잘못될까 두려워하겠소!"

관우가 오나라 여몽의 계략에 말려 번성에서 죽임을 당한 후 그목이 소금에 절여진 채 위나라 조조에게 바쳐졌습니다. 조조는 관우의 잘린 목을 보고 애석해 하였는데 문득 관우의 눈이 번쩍 뜨였습니다. 조조는 너무나 놀라고 두려웠던 나머지 병을 얻게 되었습니다. 조조의 부하들이 이를 걱정하다가 이리저리 수소문해 화타를 찾아냈습니다. 하지만 조조는 일찍이 그가 관우의 팔을 치료했다는 말을 듣고는 자신을 죽일까 의심하였습니다. 그런데 화타가 조조의 병을 살펴본 후 이렇게 말했습니다.

"폐하의 상처는 뇌까지 스며들어 전신마비를 하는 탕약을 복용한 후 상처를 절개하여 환부를 도려내야만 고칠 수 있습니다."

조조가 물었습니다.

"그 탕약을 먹고 수술을 하면 다시 깨어날 수 있느냐?"

화타가 대답하였습니다.

"저도 이런 수술은 처음이라 단언할 수는 없습니다."

그러자 조조는 "네가 관우의 복수를 하려는구나." 하면서 화타를 사형에 처하였습니다.

관우와 조조의 사람됨의 차이가 얼마나 되는지 알 수 있는 글이지요. 관우는 화타를 믿고 전적으로 화타에게 자신의 병을 고치라고 했지만 조조는 화타를 믿지 못해 그에게 사형을 내렸습니다. 중국 역사상 가장 위대한 의원인 화타를 죽인 조조는, 마음의 넓이가 관우에게 한참 미치지 못한 사람이었습니다. 지금 세상을 살아가고 있는 우리는 마음의 넓이가 얼마만 할까요? 모두 다 마음의 넓이가 큰 사람이었으면 합니다.

33

미소는
절망을
녹인다

. . . .

그대 앞에 빛나고 있는 하루하루를

마지막이라고 생각하라.

그러면 시간은

그대에게 더욱 많은 기회를 주리라

| 호라티우스

열심히 노력해도 일은 풀리지 않고 빚만 잔뜩 느는 사람이 있었습니다. 그는 이리저리 빚을 청산하고 살아볼 궁리를 하였지만 뾰족한 수가 떠오르지 않았습니다. 은행은 더 이상 그에게 대출을 해주지 않았고 오히려 채권자들과 함께 빚 독촉만을 일삼았습니다. 그는 괴로움에 시달리다가 결국 정신과 치료를 받기에 이르렀습니다. 그러나 이것도 그에게는 별 도움이 되지 않았습니다.

어느 날 그는 자신의 방에서 무언가를 골똘히 생각하고 있었습니다. 오랜 시간 그렇게 있던 그는 편지 한 통을 서랍에 넣고는 차를 몰고 시내로 나왔습니다. 한참을 달리다 빨간 신호등이 들어와 그는 차를 멈췄습니다. 그때 미처 신호를 보지 못한 자가 그의 차 앞에서 급정거를 하며 멈춰 섰습니다. 조금만 브레이크 밟는 것이 늦었더라도 충돌을 피할 수 없었을 것입니다. 그가 앞 차를 바라보았을 때, 운전석의 여자가 미안한 듯 얼굴을 붉히며 미소를 보내왔습니다. 너무나 아름다운 미소였습니다. 그러나 그는 무표정한 얼굴로 여자를 바라보고는 이내 차를 몰아 고속도로로 나왔습니다.

고속도로로 나온 그는 속력을 내기 시작했습니다. 그는 속도를 내어 달리다가 벼랑이나 강이 나오면 그리로 뛰어들 생각이었습니다. 자살을 하려는 것이었습니다. 그런데 이상한 것은 속력을 내어 달리면 달릴수록 시내에서 마주쳤던 여자의 미소가 자꾸 떠오른다는 거였습니다.

"패배한 이따위 쓸모없는 인간에게도 미소를 보내주는 사람이 있다니……."

그는 자살하려던 자신의 마음에 심경의 변화가 일어나고 있음을 느낄 수 있었습니다.

"그래 세상은 내가 아직 살 만한 곳인지도 몰라. 좀더 노력을 해 본 다음에 죽음을 생각해도 늦진 않을 거야."

그는 생각이 여기에 미치자 고속도로를 빠져나와 집으로 방향을 돌렸습니다. 다음 날 그는 자신이 다니던 정신과 의사를 만나 다음과 같이 말했습니다.

"이제 여기에 오지 않을 것입니다. 어제 어떤 여인의 미소가 제 병을 말끔히 치료해 주었습니다. 이제부터는 선생님의 치료가 필요 없게 되었고, 지금부터 저는 이곳이 아니라 세상을 향해 당당히 나가 다시 한번 열심히 살아볼 생각입니다."

그는 이렇게 말하고는 힘찬 발걸음으로 문을 열고 세상을 향해 나갔습니다. 그의 뒷모습에는 어제와 다른 희망이 가득 비쳐지고 있었습니다.

미소가 이렇게 큰 힘을 가지고 있는 것입니다. 우리 속담에 '웃는 얼굴에 침 뱉으랴'는 말이 있습니다. 미소는 세상을 참으로 부드럽게 만드는 힘을 가지고 있습니다. 심지어 자살하려는 사람의 마음을 바꿔 주고 희망을 주기도 합니다.

　미소는 사람이 피우는 꽃입니다. 될 수 있는 한 미소를 많이 지으며 살아, 세상을 아름답게 만드는 데 일조를 하시기 바랍니다.

34

통장을 관리하듯
시간을
관리하라

사람들은 돈보다 시간을 빌려 주는 일에 관대하다.
만약 사람들이 돈을 아끼는 것처럼 시간을 아낀다면
자신을 위해서 많은 일을 할 수 있을 것이다.

| 몽테뉴

중국의 문장가 도연명이 지은 잡시에는 '세월은 사람을 기다려 주지 않는다' 라는 익숙한 구절이 나옵니다. 이 문장의 뜻, 시간은 쉬지 않고 지나가 버리므로 일각인들 소홀히 해서는 안 된다는 것입니다. 이 구절이 들어 있는 잡시를 소개해 보면 다음과 같습니다.

인생은 뿌리가 없어 나부끼는 길 위의 티끌과 같다.

나뉘어 흩어져 바람을 따라 구르니, 이것은 이미 떳떳한 몸이 아니다.

태어나면 모두 형제가 되는 것, 어찌 꼭 한 핏줄 사이라야 하랴.

즐거울 땐 응당 풍류를 즐겨야 하니 한 말의 술이 이웃사람을 모은다.

원기 왕성한 나이는 거듭 오지 않고, 하루에도 두 번 새벽이 없다.

때에 이르러 마땅히 힘쓰라. 세월은 사람을 기다려 주지 않는다.

흔히 학문을 권장하는 권학시로 잘못 알려진 이 시는 잔치를 축하해 주는 시이므로 권학시가 아니라 권주시라 할 수 있습니다. 그러나 이 시가 권학시든 권주시든 상관없이 시간을 아껴 부지런히 노력하라는 뜻이 담겨 있습니다.

이 시가 권학시로 알려진 데는 바로 끝의 두 행인 '원기 왕성한 나이는 거듭 오지 않고, 하루에도 두 번 새벽이 없다. 때에 이르러 마땅

히 힘쓰라. 세월은 사람을 기다려 주지 않는다'라는 부분만을 뽑아서
전했기 때문입니다. 얼마나 정곡을 찌르는 시어입니까?

사실 세월이 사람을 기다려 주지 않는다는 것을 모르는 사람은
없을 것입니다. 나이가 들수록 세월이 유수처럼 빠르게 지나간다는
것은 누가 가르쳐 주지 않아도 저절로 알게 됩니다. 그리고 여기에 따
라오는 것이 '그때 왜 그렇게 시간을 낭비했을까' 하는 후회의 마음입
니다. 어느 시집 제목처럼 '지금 알고 있는 걸 그때도 알았더라면' 삶
에 그리 큰 후회는 찾아오지 않았을지도 모릅니다.

그렇다고 이것을 해결할 수 있는 방법이 없는 건 아닙니다. 그것
은 목적을 가지고 노력하는 것입니다. 그렇게 하면 지나간 시간에 대
한 후회를 줄일 수 있습니다. 그리고 자신이 목적한 꿈을 언젠가는
이룰 수도 있습니다. 다시 한번 가슴에 새겨봅시다. '세월은 사람을
기다려 주지 않는다'는 말을.

35
노력
자체가
보람이다

· · · · · · · · ·

오늘 내가 나의 의무에 충실하면

신은 나의 내일을 준비해 줄 것이다.

| 조지 T. 메델

사람이 길을 간다고 하는 것은 무엇일까요? 그것은 뜻을 세우고, 그 뜻을 위해 인생이란 에너지를 태운다는 얘기입니다. 우리가 길을 걷다 방향을 잘 모르면 어디로 가야 하는지 한참을 헤맬 때가 있습니다. 인생도 마찬가지입니다. 정해진 뜻이 없으면 생의 발걸음을 어디로 정해야 할지 몰라 한참 동안 인생을 허비할 때가 있습니다.

    역사가이자 문화비평가인 토인비가 일본의 와가이즈미 교수와 나눈 얘기를 책으로 엮은 것이 유명한 『토인비와의 대화』라는 책입니다. 이 책 속에는 인류가 당면한 여러 가지 문제에 대한 토인비의 깊은 성찰이 잘 드러나 있습니다. 그중 꿈꾸는 젊은이들이 읽으면 좋은 글이 있어 소개합니다.

    "81세나 된 내가 젊은 세대에게 가장 하고 싶은 말은 '죽을 때까지 젊은이의 마음을 가지라'는 것입니다. 젊은이들은 흔히 '우리 세대는 부모세대와 다르다'라고 말합니다. 그러나 그들 또한 나이를 이기지 못하고 기성세대가 되어 갑니다. 그리고는 그들 역시 부모세대가 한 잘못을 똑같이 반복하게 됩니다. 오늘날의 세대는 매우 특수한 처지에 놓여 있습니다. 당신들은 공교롭게도 인류 역사의 전환점에 살고 있다는 것을 잊지 말아야 합니다. 당신들에게는 큰 기회가 주어져 있습니다. 그러나 아무리 큰 기회가 주어졌다 해도 젊은이의 정신을 지니고 나아가지 못하면 당신은 이 주어진 기회를 잘 활용할 수 없을지도 모릅니다. 즉 변화에 적응할 줄 알며 이상주의에 따라 공평무사한 정신을 가져야 한다는 말입니다.

그리고 앞으로도 부모세대에 속하는 보수적인 사람들의 의견에는 계속 반대하십시오. 그들의 사상과 이상이 옳지 않다고 생각될 경우에는 그들에게 저항하고 그들의 견해를 철회시키도록 노력하십시오. 그러나 그럴 때에도 반드시 지켜야 할 것은 간디의 정신으로 임하라는 것입니다. 간디의 정신을 갖고 증오심 없이 저항하고 물리치도록 해야 한다는 것입니다. 당신의 사랑으로 적의를 이겨내도록 힘쓰는 동시에 중년기에 접어들어감에 따라 보수적이고 억압적인 정신 상태에 빠지지 않도록 조심해야 합니다.

그리고 인생을 보다 더 좋은 것으로 만들어 보려는 노력이 이렇다 할 성공을 거두지 못한다 하더라도 결코 낙심하거나 분개해서는 안 된다는 것입니다. 불과 한 세대 사이에 세상을 천국으로 만들어 놓는다는 것은 물론 불가능한 일입니다. 그런 일은 어느 누구한테도 기대할 수 없는 일입니다. 그러나 이것만은 확실합니다. 만일 당신이 당신의 부단한 노력으로 당신의 인생을 조금이라도 나은 것으로 만들 수 있다면, 그것만으로도 당신은 크게 성공한 것이며 당신의 생애는 보람 있었다고 자신 있게 말해도 된다는 것을."

인생에 있어서 먼저 뜻을 세우는 일은 참으로 중요한 일입니다.

나무 그늘에 쉬어도 뜻을 세우고 쉬는 것과 그냥 쉬는 것은 다릅니다. 운동장에서 놀아도 뜻을 세우고 노는 것과 그냥 노는 것은 다릅니다. 뜻을 세우고 쉬는 것은 뜻을 향해 중단 없이 가기 위한 재충전의 시간이고, 뜻을 세우고 노는 것은 뜻을 향해 멈춤 없이 가기 위한 재활력의 시간이기 때문입니다.

뜻을 세웠으면 언제나 젊은 정신으로만 그 뜻을 가지고 가세요. 나무를 보세요. 나무의 이파리는 젊은 정신일 때는 푸른빛을 띠다가도 젊은 정신을 잃어버리면 곧 늙은 빛깔을 띠고는 얼마 가지 않아 추락하고 맙니다. 아마 우리에게도 그런 날이 머지않았을지도 모릅니다. 지금의 우리 정신을 젊은 정신으로 있도록 꾸준히 노력하지 않는다면 말입니다.

36

꿈은
보이지 않는 데서
시작된다

. . . .

인내는 힘이다.
시간과 인내는 뽕잎을 비단으로 만든다.

| 중국 속담

사람이 살다가, 어느 때가 되면 육신의 성장은 멈춰 버리고 맙니다. 육신의 성장이 멈춰 버리는 것은 그때부턴 꿈이 자라야 하는 시기이기 때문입니다. 그때부턴 육신에 영양분을 공급하는 것이 아니라 꿈에 영양분을 공급해야 합니다. 몸은 자라는 것이 눈에 보이지만 꿈은 자라는 것이 눈에 보이지 않습니다. 꿈이 자라는 것이 눈에 보이지 않는 것은, 몸이 자라는 것보다 더 많은 노력을 하고 시련을 이겨내야 하기 때문입니다. 힌두교의 설화에는 다음과 같은 이야기가 전해져 오고 있습니다.

　열매가 주렁주렁 열려 있는 나무 아래에 아미라는 사람과 아들이 서 있었습니다. 나무의 열매를 바라보고 있던 아미가 아들에게 말했습니다.

　"저 나무의 열매를 따서 쪼개어 보아라."

　아들이 열매를 따서 쪼개자 그는 아들에게 물었습니다.

　"무엇이 보이느냐?"

　"작은 씨가 있습니다."

　"그럼 그중 하나를 쪼개어 보아라."

　아들이 또 씨를 쪼개었습니다.

　"무엇이 보이느냐?"

"아무것도 보이지 않습니다."

그러자 아미는 아들을 바라보며 말했습니다.

"네가 아무것도 보이지 않는다고 하는 그곳에서 저 큰 나무가 돋아 나오는 것이란다."

아무것도 보이지 않는 곳에서 나무가 나오듯, 아무것도 보이지 않는 꿈에서 인생이 나오는 것입니다. 우리가 하고자 하는 꿈을 포기하지 말아야 하는 이유가 여기에 있습니다. 보이지 않는 꿈에 인생의 행복이 달려 있기 때문입니다. 꿈을 향해 가는 길에서 눈물 한 방울 흘리지 않고 갈 수는 없습니다. 그러나 노력하는 사람에게 꿈은 고통만을 주지는 않습니다. 한 번 더 눈물을 흘릴 수 있는 기회를 줍니다. 그 눈물은 기쁨의 눈물입니다. 꿈을 향해 가는 길에서 고통의 눈물을 흘리는 사람은 언젠가 반드시 기쁨의 눈물을 흘리게 될 것입니다.

37

작은 양보가
아름다운 세상을
만든다

인간은 상호 양보에 의해서만

사회에서 존속할 수 있다.

| S. 존슨

희생의 전통을 세운 것 중에 가장 높이 평가하는 것은 바로 '어린이와 여성 먼저'라는 전통일 것입니다. 물론 희생은 그것이 어느 것이든 높낮이를 따질 수 없는 아주 값진 것입니다. 그러나 절제절명의 위급한 순간에 탈출 순위가 사람의 마음속에 정해져 있다면 더 많은 사람들이 그리고 힘이 약한 이들이 탈출을 할 수 있을 것입니다. 바로 그 '어린이와 여성 먼저'라는 전통을 세운, 그래서 희망을 만든 그 일화를 소개해 보면 다음과 같습니다.

　영국인들은 항해를 하다가 재난이 닥치면 서로 상대방의 귀에다 대고 "버큰헤이드 호를 기억하라!"고 속삭인다고 합니다. 바로 버큰헤이드 호가 재난을 당했을 때 어린이와 여성 먼저라는 전통이 세워졌기 때문입니다.

　이야기는 지금으로부터 160여 년 전인 1852년으로 거슬러 올라갑니다. 그때 영국군이 자랑하는 수송선인 버큰헤이드 호가 사병들과 그 가족들을 태우고 아프리카 남단에 있는 케이프타운을 향하고 있었습니다. 그러던 중 케이프타운을 65Km 쯤 남겨두고 그만 암초에 부딪히고 말았습니다. 배의 손상은 수리를 할 수 없을 정도로 컸고, 배는 서서히 가라앉기 시작했습니다. 시간은 새벽 두 시였고 배에는 무려 130여 명의 부녀자를 포함해 630여 명의 승객이 타고 있었습니다.

　배가 서서히 기울기 시작하자 승객들은 겁에 질려 우왕좌왕했습니다. 게다가 구명정은 세 척뿐이었고, 한 척당 탈 수 있는 최대 인원은 60명이었습니다. 전부 다 합쳐도 180명밖에 탈 수 없었습니다. 배가 좌초한 데다 엎친 데 덮친 격으로 세찬 풍랑까지 일어나고 있었습니다. 승객들은 점점 죽음의 공포 앞에 절망하고 있었습니다. 이때 배의 사령관인 시드니 세튼 대령이 힘찬 목소리로 명령했습니다.

"먼저 여성과 어린이를 구명정에 태우도록 하라. 구명정에 여성과 어린이를 태우는 병사를 제외하고 모든 병사는 갑판 위로 모이도록 하라."

대령의 명령이 떨어지기가 무섭게 병사들은 무슨 훈련이라도 하는 양 일사분란하게 갑판 위로 집합해 부동자세를 취했습니다. 그리고 그들의 부동자세는 풍랑이 불어도 전혀 흐트러지지 않았습니다. 여성과 어린이를 먼저 태우라는 사령관의 명령에 불만을 갖는 병사들이나 승객들은 없었습니다. 부녀자들과 어린이들이 구명정에 옮겨 탔을 때 배가 기우뚱하며 한 쪽으로 기울더니 점점 바닷속으로 빠져들어갔습니다. 사태가 이런데도 병사들은 누구 하나 부동자세를 풀지 않았습니다. 그들은 부동자세를 취한 채로 바닷속으로 모습을 감추어 버렸습니다. 그 모습을 보고 있던 생존자들은 모두 다 흐느껴 울었습니다. 세튼 대령과 그 병사들은 후세에 훌륭한 전통을 만들며 장렬한 최후를 마쳤습니다.

가슴이 찡해지는 아름다운 실화입니다. 다른 사람을 위해, 그것도 힘으로 하면 자신들보다 한참 약자인 어린이와 여성들을 위해 목숨을 버린, 이 아름다운 병사들의 이야기 앞에서 어찌 숙연해지지 않을 수 있을까요. 사람이 성공을 한다는 것은 개인의 영달을 위한 것만은 아닙니다. 다른 사람을 위해 자신의 목숨을 가치 있게 쓰는 것도 성공입니다.

저는 이 이야기에서 희생을 통한 희망을 보았습니다. 자기의 조그만 이익을 버리기도 힘든데, 그 적은 이익을 위해 형제들끼리도 물불 안 가리고 싸우기도 하는데, 자기의 목숨을 버려 남을 살린다는 것은 사람이 할 수 있는 가장 숭고하고 가치 있는 것임에 틀림없습니다. 이런 큰 희생이 아니더라도 나보다 우리를 생각하는 마음이 이 사회를 아름답게 만들 것입니다.

38

진정한
자존심을
지녀라

자존심이란 결코 배타가 아니다.

또한 교만도 아니다. 다만 자기 확립이다.

위대한 개인, 위대한 민족이 필경 다른 것이 아니다.

오직 이 자존심 하나로 결정되는 것이다.

| 이은상

우리의 지난 역사를 가만히 돌아보면 의외의 곳에서 이름을 날린 인물을 심심치 않게 만날 수 있습니다. 이번에 소개할 인물은 상술이 뛰어나기로 소문난 중국에서 상인으로 성공한 '안기'라는 사람입니다. 그는 한국인으로서 세계적으로 명망을 얻은 사람입니다. 그가 성공한 상인으로서만 살고 갔다면 상인 누구누구 하고 이름만 덜렁 남아 전해지거나 아니면 이름마저도 남아 있지 않았을지도 모릅니다. 그러면 그가 지금도 세계적으로 이름을 남기고 있는 이유는 무엇일까요?

　안기는 일찍이 아버지를 따라 중국으로 건너가게 되었습니다. 그곳에서 그는 자기에게 내재되어 있는 재능이 무엇인지를 발견했습니다. 그는 그 재능을 발휘하여 중국 역사에서 가장 융성했다고 자타가 공인하는 청나라 3대 황제 시절, 천진에서 소금 전매권을 소유한, 당시로서는 천하 제일의 재벌이 되었습니다. 지금도 다른 나라로 이민을 가면 인종차별이나 멸시를 받기가 다반사인데, 다른 나라도 아닌 당시만 해도 주종관계에 있던 청나라에서 이렇게 큰 성공을 거두었다는 것은, 그것만으로도 그가 얼마나 대단한 인물인지를 미루어 짐작해 볼 수 있습니다.

　그런데 그의 업적을 가만 살펴보면 그가 왜 청나라에서 조선 사람이란 명함을 내걸고도 성공할 수 있었는지를 알 수 있습니다. 그것은 바로 재산의 사회 환원이었습니다. 우선 그는 가난한 문인들을 불러들여 창작에 전념할 수 있도록 경제적인 뒷받침을 해주었고, 불우한 사람들을 보면 물심양면으로 그들을 구제하는 데 앞장섰습니다. 마침내 그는 자선사업가로서도 사람들 입에 오르내렸습니다.

하지만 그가 정작 오늘날까지 세계적 명성을 얻은 이유는 다름 아닌 미술사에 끼친 그의 지대한 영향 때문이었습니다. 그는 오래된 미술품의 감식과 식견에 있어 타의 추종을 불허하는 눈을 가지고 있었습니다. 그는 사라질 수도 있었을 많은 미술품을 수집해 지금까지 전해져 내려오게 한 공로로 세계 미술계에 이름을 남기게 되었습니다.

그러면 그의 재산은 얼마나 되었을까요? 1725년 천진에서는 천진성을 쌓는 대대적인 공사를 벌였는데, 이 공사를 안기 혼자 힘으로 이뤄냈다는 기록이 있습니다. 그의 엄청난 재력과 큰 배포 앞에 입이 저절로 벌어지는, 정말이지 큰 인물이었다는 생각이 듭니다.

그러나 그가 더 크게 우리에게 다가오는 것은 그의 정신입니다. 지금도 일본에서는 한국 교포가 일본인으로 귀화하지 않으면 여러 가지 불리한 조건으로 박해를 당하고 있습니다. 그런데 안기가 살고 있던 시절 청나라는 조선을 신하의 나라로 여기고 있었습니다. 그러니 청나라에서 조선인이 받았을 대우를 미루어 짐작해 볼 수 있습니다. 그러한 시절에 안기는 자신이 찍는 도장의 문구를 '조선 사람 안기의 도장(朝鮮人 安崎之印)' 이라고 파서는 모든 결재를 했다고 합니다.

지금도 이중국적을 갖기 위해 미국으로 원정출산을 가는, 자신의 안위를 위해서 국적까지 바꾸는 것을 서슴지 않는 것이 현실인데, 당당하게 조선 사람임을 밝히고 산 안기. 어쩌면 안기가 성공한 것은 자신에게 불리한 조건을 당당하게 내세우며 산 그 기개 때문일지도 모릅니다. 청나라 사람이 멸시를 하든 무시를 하든, 어디까지나 자신을 조선인이라고 떳떳하게 내세울 수 있었던 그 무서우리만치 굳건한 자긍심이 그를 이국에서도 성공가도를 달릴 수 있게 한 원동력이 되었던 것은 아닐까요.

오늘을 사는 우리는 누구나 자기가 가고자 하는 길에서 남보다 불리한 조건을 한두 가지씩은 가지고 있습니다. 그중엔 감추고 싶은 것도 있을 것입니다. 그러나 불리하다고 무조건 숨기지 않고 당당하게 내세우고 가는 것, 거기에 성공의 열쇠가 있다고 안기는 우리에게 말하고 있습니다.

3장 도비라

제 3 장

즐겁게
일하면
즐거워진다

39

조건은
핑계가
될 수 없다

큰 나무도 가느다란 가지에서 시작되는 것이다.

10층 석탑도 작은 벽돌을 하나씩 쌓아 올리는 데에서 시작되는 것이다.

마지막에 이르기까지 처음과 마찬가지로 주의를 기울이면

어떤 일도 해낼 수 있을 것이다.

| 노자

우리 주변에는 어려운 환경에서도 희망을 갖고, 자신의 꿈을 키워 가는 젊은이들이 많이 있습니다. 다음은 아무런 배경이 없어도 해보 겠다는 마음만으로 열심히 사는 사람들에게 귀감이 될 만한 이야기 입니다.

송나라에서 재상을 지낸 범문정의 젊었을 때 이야기입니다. 그는 일정한 직업도 없이 이곳저곳을 떠도는 생활을 하고 있었습니다. 그 러던 어느 날 다른 날과 마찬가지로 하릴없이 돌아다니고 있었는데, 그의 눈에 점쟁이가 들어왔습니다. 그는 다짜고짜 점쟁이에게 다가가 물었습니다.

"선생이 보시기에 내가 이 나라 재상이 될 수 있을까요. 없을까 요?"

갑작스런 젊은이의 질문에 점쟁이는 눈을 껌뻑거리면서 이리저리 살펴보더니 대답을 했습니다.

"음, 자네 관상으로는 어림도 없어 보이네."

범문정은 크게 실망했지만 다시 한 번 물었습니다.

"그럼 의원 노릇이라도 할 수 있겠습니까?"

그러자 이번에는 점쟁이가 의아하다는 표정을 지으며 그에게 물 었습니다.

"아니 자네의 희망사항이 어찌해서 금방 재상에서 의원으로 내려앉아 버리는가?"

범문정이 대답했습니다.

"예, 저는 여하튼 백성을 구원하는 일을 하고 싶은데, 세상을 좋게 다스리려면 우선 재상이 되어야 할 것이고, 그게 안 된다면 세간에서 천하게 여기는 의원이라도 되어 백성들의 고통을 덜어 주려 합니다."

범문정의 말을 들은 점쟁이가 빙그레 웃으며 이렇게 말했습니다.

"그럼 자네는 결국 재상을 하겠구먼."

범문정이 점쟁이의 말을 듣고는 이상하다는 듯 다시 물었습니다.

"아니, 어떻게 금방 변하는 점괘도 있습니까? 좀 전에는 어림도 없다더니만……."

그러자 점쟁이가 다음과 같이 그 이유를 설명해 주었습니다.

"관상에는 골상이 색상(안색)만 못하고, 색상이 심상만 못하다는 말이 있네. 자네는 골상이나 색상으로 보아서는 재상 근처에도 못갈 위인이지만, 그 넉넉한 심상을 보아하니 결국 재상이 될 거라는 말이네."

중국 대륙을 최초로 통일한 진시황에게 처음으로 민중봉기를 든 사람이 진승이었습니다. 진승은 젊은 시절 남의 집 고용살이를 할 때도 "왕후장상의 씨가 따로 있나?"라고 말하곤 했습니다. 결국 그의 말대로 남의 집 고용살이를 하던 그는 자신의 말을 이루기 위해 민중봉기를 들었던 것입니다.

진승의 이 말은 누구나 소원하고 노력하면 주어진 배경이 없어도 목적을 이룰 수 있다는 뜻입니다. 섬사람인 나폴레옹도 작은 키에 별 볼일 없는 남자였으며, 삼국을 통일한 유방도 구석진 시골의 촌뜨기였습니다.

지금 처해 있는 형편이 좋지 않더라도 자신의 의지만 확고하다면 꿈을 이룰 수 있다고 이 이야기들은 우리에게 말해 주고 있습니다.

40

즐겁게
일하면
즐거워진다

기쁘게 일하고,
해 놓은 일을 기뻐하는 사람은 행복하다.

| 괴테

"어느 날 큰 길을 따라 걷고 있을 때였습니다. 나는 사다리 위에서 페인트 칠을 하고 있는 남자를 발견했습니다. 그는 아무 생각도 없는 듯이 페인트 솔을 좌우로 움직이고 있었습니다. 손을 보니 중노동으로 살아가고 있는 것이 틀림없는데, 자신이 하고 있는 일에는 눈길 한번 주지 않았습니다. 다른 곳을 쳐다보며 대충대충 칠을 하고 있었습니다. 나는 그 모습을 보고 생각했습니다. '얼마나 재미없고 따분한 일일까.' 하고.

몇 분 후 나는 어떤 여자가 커다란 소리를 내는 명함 인쇄기(덜컹거리는 소음을 내는 구닥다리 기계) 앞에 앉아 일을 하고 있는 사무실에 들어갔습니다. 그녀는 기계소리에 맞춰 작은 소리로 노래를 흥얼거리고 있었습니다. 인쇄기는 마치 메트로놈처럼 박자를 맞추고 있었습니다. 그러나 인쇄기가 일의 속도를 지시하는 메트로놈이 아니라는 것을 깨달았습니다. 그녀의 심장 소리에 따라 인쇄기의 속도가 조정되고 있는 것이었습니다. 나는 아까 본 페인트공을 떠올리고는 그에게 그녀가 일하는 모습을 보여주고 싶다는 생각이 들었습니다. 똑같이 단조로운 일인데 그녀는 즐겁게 일을 하고 있었기 때문입니다."

누구의 글인지는 모르지만 와 닿는 느낌이 있어 노트에 옮겨 놓았던 글입니다. 일을 하지 않고는 살 수 없는 게 우리 인간의 삶입니다. 그 일을 즐겁게 하며 살 수 있는 방법을 터득하는 것이 인생을 즐겁게 살 수 있는 가장 좋은 방법입니다.

41

최선이라고
믿는 대로
밀고 나가라

사람을 이롭게 하는 말은 솜처럼 따뜻하지만,

사람을 상하게 하는 말은 가시처럼 날카롭다.

한 마디 말이 잘 쓰이면 천금 같고,

한 마디 말이 사람을 해치면 칼로 베는 것처럼 아프다.

| 명심보감

남을 만족시켜 주지 못해 실망한 적은 없습니까? 이웃에게 기쁨을 나눠 주고 도움의 손길을 뻗치려고 해도 결국 거부당하고 오해를 받을 뿐이라고 생각지 않습니까? 만일 그렇다면 몽테뉴의 '남이 뭐라고 해도 대수롭지 않게 여기는 귀를 가질 필요가 있다'는 짧은 말을 가르쳐 드리고 싶네요. 아무리 조심하고 온갖 정성을 다해도 반드시 우리의 행동과 태도를 오해하는 사람이 있습니다.

　목적을 달성하기 위해 자신의 재산을 아끼지 않고 쓰고 있으면 "그건 낭비다"라든지 "씀씀이가 헤퍼"라고 비난하는 사람이 반드시 있습니다. 하지만 반대로 당신이 조심스럽게 돈을 쓰면 "쟤는 구두쇠야"라는 소리가 어디선가 들려올 것입니다. 당신보다 진보적인 생각을 갖고 있는 사람은 당신에게 완고하고 보수적인 인간이라는 딱지를 붙이고, 반대로 상대가 당신보다 보수적인 사람이라면 당신을 무책임한 인간이라고 비난할 것입니다. 자신의 의견을 반대하면 "편견을 가진 인간이다"라고 상대방에게 반격을 가합니다.

　인간은 자신에게 관대하고 남한테는 엄격한 편이지요. 아무것도 하지 않으면 태만하다는 비난을 하고 무언가를 실행하면 한 일에 대해 흠을 잡으려 합니다. 또 어떤 일에 감사의 말을 한 사람도 다른 일에 대해서는 불평을 터뜨리는 경우도 있습니다. 결국 남을 만족시키려 할 경우, 모든 사람을 만족시킬 수 있었던 사람이 단 한 사람도 없었다는 사실을 항상 염두에 두십시오. 단 한 사람의 인물(극단적으로 말하면 자기 자신)조차 계속 만족시킬 수는 없습니다. 자신의 행동조차 항상 만족할 수 없듯이, 어떤 길을 가더라도 반드시 내가 일하는 방식을 미심쩍어하는 사람이 나타나기 마련입니다. 그래서 우리는 다만 최선을 다하고 양심에 따라 행동할 뿐입니다.

누군가 비판한다면 '모든 사람을 만족시킬 수 없다'는 짧은 말을 떠올리십시오. 모든 사람의 마음에 들려고 본심을 감추면 자기다움을 발휘할 수 없습니다. 앞으로 한 걸음씩 내디뎌 거짓 없이 자신다움을 펼치십시오. 신의 양심을 좇아 무언가를 해도 비판은 항상 따라다닌다는 것을 생각하고 앞으로 전진하십시오. 비난하는 사람을 축복하고 말하고 싶은 것을 말하도록 내버려 두십시오. 그저 자신이 최선이라고 믿는 방법대로 밀고 나가면 됩니다. 개성 있는 삶을 엮어 가려 할 때 비판은 반드시 따라다니는 법이니까요.

이 글은 로버트 앤소니가 자신의 길을 가고자 하는 사람에게 진심 어린 마음을 담아 전하는 충고의 글입니다.

그렇습니다. 세상엔 사람도 많듯 말도 많습니다. 자기가 무슨 일을 하면 이러쿵저러쿵 말이 나오는 게 현실이지요. 그럴수록 귀가 얇아서는 안됩니다. 자기가 옳다고 믿는다면 계속 가야 합니다. 한 번 마음에 담은 생각은 누가 뭐라 하든 계속해서 변함없이 밀고 나가야 합니다. 앞에 소개된 몽테뉴의 말을 생각하기 바랍니다. '남이 뭐라고 해도 대수롭지 않게 여기는 귀를 가질 필요가 있다'는 말을. 그리고 최선이라고 믿는 방법대로 밀고 나가시기 바랍니다. 그러면 원하는 것을 얻을 수 있을 것입니다.

42

남의 성공에
비난을 퍼붓는 사람이
되지 마라

칭찬은 선을 반사하며, 공정한 칭찬의 말은
선이 좀더 높은 행위에까지 오르게 한다.

| 알레

1783년 몽골피에는 세계 최초로 열기구를 하늘로 올려 보내는 실험에 성공했습니다. 그러자 다른 학자들이나 친구들 사이에서 큰 조소의 대상이 되었습니다. 몽골피에의 실험이 계속 성공할 것이라고 생각한 사람은 드물었습니다. 그러나 극소수의 사람은 그가 성공할 것이라고 믿었습니다. 그중 한 사람이 미국의 정치가이며 과학자인 벤자민 프랭클린이었습니다.

　어느 날 프랭클린 앞에서 과학자 한 사람이 열기구의 상승실험에 대해 악담을 퍼붓기 시작했습니다.

　"설사 열기구가 공중에 올라갔다고 해도, 그것으로 어떤 목적이 달성되었단 말씀입니까?"

　그러자 프랭클린이 그 과학자에게 다음과 같이 반문했습니다.

　"그렇다면 당신은 갓난아이가 어떤 목적을 가졌다고 설명할 수 있습니까?"

　프랭클린의 말에 과학자는 더 이상 아무 말도 하지 못했습니다.

　남의 성공을 진심 어린 말로 칭찬해 줄 수 있는 사람은 자신도 자신의 분야에서 성공할 수 있다는 자신감을 가진 사람일 때가 많습니다. 칭찬은 자존심입니다. 나도 나중에 잘 되어서 칭찬을 받을 수 있는 사람이 될 거라는 자존심입니다. 남의 성공에 칭찬을 해주는 사람이 되세요. 그리고 나중에 자신도 꿈을 성취하는 사람이 되세요.

43
자기 인생의
철학을 가져라

서툰 의사는 한 번에 한 사람을 해치지만
서툰 교사는 수백 명을 해친다.

| 모이어

사람은 누구나 교육을 통하여 인격을 형성하고 미래를 만들어 갑니다. 교육은 대부분 학교에서 받게 되므로 교사들의 교육철학이 무엇보다도 중요합니다.

　미국에 멜버 콜린즈라는 여선생님이 있었습니다. 그녀는 어느 날 문제아들만 모아 놓은 학급에서 수업을 하게 되었습니다. 그녀가 교실에 들어섰을 때, 아이들은 자리에 앉을 생각도 하지 않고 떠들고, 그중 한 학생이 뒤쪽 벽에 비스듬히 기댄 채 서 있었습니다. 그녀는 미소를 지으며 그 학생에게 부탁조의 상냥한 목소리로 말했습니다.

　"학생, 똑똑해 보이는데 얼굴 좀 자세히 볼 수 있게 이쪽 앞자리에 와서 앉아 줄 수 있겠니?"

　선생님이 상냥한 목소리로 부탁을 해오자 당황한 쪽은 학생이었습니다. 학생은 아무 말도 하지 않고 그녀가 가리키는 자리에 가 앉았습니다. 이 학생을 시작으로 모든 학생들이 자리에 앉자 그녀는 생각하고 있던 것을 학생들에게 말했습니다.

　"오늘부터는 내가 여러분에게 무슨 질문을 하든 '이유는 제가 너무 똑똑하기 때문입니다'라고 대답을 하도록 하세요. 알았죠?"

　"예."

　학생들은 그렇게 하겠다고 대답을 했지만 얼굴엔 영문을 모르겠다는 표정이 가득했습니다. 그녀는 학생들의 이런 표정에는 개의치 않고 아까 자리에 앉으라고 부탁한 학생을 향해 질문을 했습니다.

"음, 선생님이 너를 이 앞자리에 앉힌 이유가 뭐지?"

학생은 선생님의 질문에 잠시 머뭇거리더니 일어나서 대답했습니다.

"그것은 제가 똑똑하기 때문입니다."

"그래 맞아. 대답을 잘 했으니 이제 자리에 앉아도 좋아."

그녀는 학생의 머리를 쓰다듬으며 말했습니다. 선생님은 돌아가며 학생들에게 질문을 했고, 학생들의 대답은 한결같이 "제가 너무 똑똑하기 때문입니다"라고 하였습니다. 그녀는 학생들이 대답을 할 때마다 상냥하게 "대답을 잘 했으니 자리에 앉아도 좋아"라고 말했습니다.

그녀의 이런 교육은 얼마 안 가 효과를 나타냈습니다. 수업이 끝날 무렵쯤 학생들의 눈에는 눈물이 고이기 시작했습니다. 지금껏 저능아, 불량아라고 관심 한번 주지 않던 자신들을 따뜻한 관심을 갖고 대해 준 선생님에게 감동을 받았기 때문입니다. 다음 날부터 학생들이 달라지기 시작한 것은 두말할 필요가 없겠지요.

이 여선생님의 교육철학은 확고하였는데 그것은 다음과 같습니다.

'자신감을 갖고 노력하면 반드시 성공한다.'

'어떤 사람도 자신의 빛깔을 갖고 있다. 신선한 공기를 불어 넣어 그 불빛을 더욱 크게 하면 된다.'

이러한 교육철학을 가진 그녀는 학생들이 자기의 재능을 믿고 사명감을 갖고 자신감 넘치는 인생을 살 수 있도록 있는 힘을 다했습니다. 그 결과 그녀의 이런 교육방식은 미국을 넘어서 참교육을 생각하는 전 세계에 알려지게 되었습니다.

우리나라는 백년대계인 교육정책이 갈피를 잡지 못하고 바뀌기 일쑤여서 문제가 되고 있습니다. 공교육이 정상화되지 못해 사교육 시장이 날로 확대되는 현실에서 인성교육은 말뿐입니다. 이 이야기에서 자신감을 심어 주는 교육이 얼마나 중요한지를 절감했을 것입니다. 공부를 못하면 나머지 모든 것도 열등생 취급을 받는 우리나라 교육풍토에서 보면 참으로 부러운 교육철학입니다. 그러나 우리나라에도 참교육을 실천하는 뜻있는 선생님도 많고, 대안학교도 활성화되고 있습니다. 앞으로는 희망을 가져도 좋지 않을까요.

44

현재에
집중하라

우리는 과거로 인해 고통 받는다.

또한 현재를 게을리하기 때문에 미래를 망친다.

과거란 존재하지 않으며 미래는 아직 오지 않았다.

현재란 이미 존재하지 않는 과거와

아직 오지 않은 미래를 잇는 아주 짧은 순간에 지나지 않는다.

이 짧은 지점에 인간의 진정한 삶이 존재한다.

| 톨스토이

낚시꾼들에게서 유래된 말이 있습니다. '놓친 고기가 커 보인다'
는 말입니다. 놓친 고기가 더 커 보이는 것은 아쉬움 때문입니다. 그
때 그것을 잡았더라면 지금 이렇지는 않을 텐데, 하는 아쉬움 때문입
니다. 하지만 놓친 고기는 깨끗이 잊는 것이 좋습니다. 그것이 아무리
큰 고기일지라도 말이죠. 그리고는 새로이 기다려야 합니다. 만반의
준비를 하고 다음에 낚시찌를 무는 고기는 결코 놓치지 않기 위해 노
력하는 것이 꿈을 가진 사람의 낚시질입니다.

한 청년이 서서히 달리기 시작한 시내버스 문을 두드리며 달리고
있었습니다. 버스는 멈출 생각이 없어 보이는데도 청년은 그 버스를
꼭 타야겠다는 일념으로 열심히 쫓아가고 있었습니다. 마침 앞길이
조금 막혀 버스가 속력을 줄이자 청년은 더욱 세게 버스의 문을 두드
렸습니다. 그러나 버스는 앞길이 트이자 다시 속력을 내 달리기 시작
했습니다. 그런데도 청년은 멈추지 않고 버스를 따라서 계속 달리려
고 했습니다. 순간 이런 모습을 보고 있던 한 노인이 청년의 팔을 낚
아채며 말했습니다.

"이보시오, 젊은이! 왜 이렇게 달리시오?"

"이 팔을 어서 놓으세요. 나는 저 버스를 타야 합니다."

청년은 노인에게 신경질적으로 말하며 팔을 뿌리쳤습니다. 노인이

그 청년에게 다시 말했습니다.

"여보게, 젊은이! 이렇게 달리면 바로 뒤에서 오는 버스와의 거리만 점점 멀어질 뿐이라네. 자네는 왜 뒤에서 오는 버스를 보지 않고 앞서 달리나?"

이미 앞서간 버스는 과거이고 뒤에서 새로이 오는 버스는 미래입니다. 때로 사람들은 과거에 너무 집착할 때가 있습니다. 그러나 지나간 과거가 아쉬울 수는 있어도 너무 집착해 빠져 나오지 못할 정도가 되어서는 안됩니다. 과거가 아쉬우면 미래를 아쉽지 않게 만들기 위해 현재인 지금 노력해야 합니다.

지나간 버스를 쫓아가느라 힘 빼지 말고 새로 오는 버스를 놓치지 않고 타는 것, 어쩌면 이것이 삶을 현명하게 사는 것일지 모릅니다. 지나간 과거에 너무 집착하면 남겨진 미래라는 시간을 향해 가기가 힘들어집니다. 현재인 지금 과거를 향해 자꾸 손을 뻗지 말고 미래를 향해 힘찬 발걸음을 내디디십시오. 그러면 그대가 원하는 성취가 기다리고 있을 것입니다.

45

자신은 참으로
소중한 존재임을
알라

스스로가 훌륭한 존재라고 말하라.

혹은 자신과 함께 하는 모든 것이 훌륭하다고.

그러면 신께서 그것을 현실로 이루어 주실 것이다.

| 엘라 휠러 윌콕스

우리 모두는 그릇입니다. 얼마만 한 그릇일까요.

다음은 공자와 자공의 이야기입니다.

어느 날 공자가 제자 자공과 함께 산책을 나가게 되었습니다. 나무들이 빽빽하게 들어선 오솔길을 지나 넓고 넓은 호수에 다다르자 호수 옆에 누각이 나타났습니다. 한참을 호수와 주변 경치를 보고 있던 제자 자공이 공자에게 물었습니다.

"선생님, 부끄러운 질문이지만 선생님께서 보시기에 저는 어떤 사람입니까?"

그러자 공자가 온화한 미소를 지으며 대답했습니다.

"너는 그릇이다."

공자의 말에 자공은 궁금한 듯 다시 물었습니다.

"그릇이라면 중요한 물건을 담을 수 있는 것인데, 제가 그릇이라면 그릇 중 과연 어떤 종류의 그릇이겠습니까?"

공자는 여전히 온화한 미소를 머금은 채 자공을 바라보며 대답했습니다.

"너는 그릇 중에 으뜸인 제기이고, 제기 중에 으뜸인 호연이란다."

우리는 모두 그릇입니다. 호연 같은 그릇입니다. 그러나 아직은 다

완성되지 못한 미완성의 그릇입니다. 언젠가 중요하게 쓰이기 위해 노력해 가는 호연 같은 그릇입니다. 그 그릇을 다 만들어 놓았을 때 "그릇이 크네"라는 말을 들을 수 있다면 얼마나 좋을까요. 공자가 아무리 자공을 호연이라고 말했다 하더라도, 그 자신이 스스로 노력하지 않으면 호연 같은 그릇은 될 수 없습니다.

큰 그릇이란 소리를 듣기 위해서는 먼저 무엇보다도 스스로가 자신을 소중하게 여기는 자세가 필요합니다. 자신을 사랑하지 않고 남을 사랑할 수 없듯이 자신을 소중하게 생각하지 않고서는 자신을 당당하게 세상에 내놓을 수 없습니다.

우리 모두는 다 호연 같은 그릇입니다. 세상에 호연 같은 그릇으로 얼굴을 내놓을 수 있는 사람들입니다. 그러기 위해서는 먼저 자신을 소중하게 생각하는 자기암시가 무엇보다도 중요합니다. 언제나 자신이 소중한 사람이란 생각을 마음의 중심에 두고 살아갔으면 좋겠습니다.

46

다시 시작하면
새로운 문이
열린다

절망하지 말라.
자기가 원하는 것이 이루어질 수 없다고 실망하지 말라.
넘어지며 다시 일어서라. 앞에 놓인 장애물을 극복하라.
문제의 핵심으로 파고들어라.

| 마르쿠스 아우렐리우스

살다 보면 누구나 황당한 일을 한 번씩은 겪게 됩니다. 더러는 곧 수습할 일이지만, 어떤 일은 치명상을 주기도 하고 어떤 일은 다 된 밥에 재 뿌리는 격일 때도 있습니다.

영국의 역사학자 토머스 칼라일은 『프랑스 혁명사』란 명저를 남긴 인물입니다. 그가 원고를 쓸 당시의 일입니다.

수천 페이지에 달하는 원고를 탈고한 뒤 칼라일은 이웃에 사는 존 스튜어트 밀에게 찾아가 원고를 읽어봐 달라고 부탁을 했습니다. 밀은 그 원고를 정성 들여 꼼꼼하게 읽어 나가기 시작했습니다. 그런데 며칠 후 밀이 파랗게 질린 얼굴로 칼라일을 찾아왔습니다.

"큰일났습니다. 늦게까지 원고를 읽다가 책상 위에 그대로 놓아둔 채 잠이 들었는데, 아침에 가 보니 그만 우리집 하녀가 못쓰는 종이인 줄 알고 벽난로의 불쏘시개로 써 버렸지 뭡니까?"

그 소리를 듣는 순간 칼라일은 눈앞이 캄캄해졌습니다. 2년 동안 기울인 노력이 까만 재로 변해 버린 것이었습니다. 그 일이 있은 후, 칼라일은 넋을 잃은 사람처럼 한동안 아무 일도 할 수 없었습니다.

그러던 어느 날이었습니다. 칼라일은 우연히 석공이 벽돌을 쌓는 일을 목격하게 되었습니다. 석공은 벽돌을 하나씩 쌓아 차츰 높은 벽을 이루어 나가고 있었습니다. 그 순간 칼라일의 뇌리에 번쩍 스쳐 지나가는 것이 있었습니다.

"아, 바로 저것이다."

그는 그 길로 집으로 돌아와 다시 책상 앞에 앉았습니다. 그리고 속으로 다짐했습니다.

'다시 시작하는 거다. 오늘 한 페이지를 쓰고, 내일도 한 페이지를 쓰는 것이다.'

그리하여 마침내 그는 처음 원고보다 더욱 훌륭한 『프랑스 혁명사』를 세상에 내놓게 되었습니다.

이제 출간할 일만 남은 원고를 불로 잃어버린 칼라일의 심정은 하늘이 무너지는 것 같았을 것입니다. 2년이 넘게 걸린 대 작업이 순식간에 불길에 사라진 순간, 삶의 의욕도 상실했을 것입니다. 그러나 그에겐 다시 시작할 줄 아는 의지와 희망이 가슴의 중심에 있었습니다. 사람이 성공했느냐, 못 했느냐의 차이는 바로 다시 시작할 수 있는 의지를 가졌느냐, 갖지 못했느냐에 따라 가장 크게 좌우됩니다. 『채근담』에는 다음과 같은 글이 있습니다.

"살림이 궁한 집이라도 깨끗이 청소하고, 가난한 집 여자라도 단정하게 빗질을 하면, 그 모습이 비록 화려하지는 않아도 그 기품이 단아해진다. 그러므로 군자가 한때 곤궁하고 적막했다 하여 스스로를 포기한 채 게을러져서야 되겠는가."

다시 시작할 수 있는 사람에겐 실패는 있어도 포기는 없습니다.
그리고 반드시 뜻을 이루는 날이 있습니다.

47

겸손할수록
빛나는 인격

겸손과 친절보다 매력적인 것은 없다.

진실을 말하는 유일한 방법은 친절의 형태를 취하는 것이다.

사랑이 담긴 이야기만이 상대를 이해시킬 수 있다.

| 소로

우리나라 역사 중에 가장 치욕적인 일제시대를 온몸으로 살다간 도산 안창호 선생님. 안창호 선생님은 1938년 생을 다하는 날까지 조국의 독립을 위해 모든 것을 바치고 간 분이었습니다. 흥사단을 조직하는 등 그의 업적은 수없이 많지만 여기에서는 그의 업적이 아닌 선생님의 겸허함이 어떠했는지를 알 수 있는 일화 하나를 소개하고자 합니다.

그는 언제나 겸허한 마음을 잃지 않았고 모든 사람들에게 겸손했으며 오만함과 권위주의적 태도는 어디에서도 찾아볼 수 없었습니다. 선생님은 언변과 통솔력과 덕성이 뛰어난 인격자였지만, 언변으로 대중들을 현혹하지도 않았으며, 통솔력으로 사람을 주눅 들게 하지도 않았습니다. 언제나 덕성으로 사람을 대할 줄 아는 따뜻한 사람이었습니다. 그는 늘 뒤에서 묵묵히 직분을 다하고, 일로써 얻은 명예와 공은 남에게 돌려주는 것을 일생의 철학으로 삼고 살아갔습니다.

그는 1919년 상해 임시정부가 수립되었을 때 노동총판으로 일하다가 대통령 대리 후보로 추천된 적이 있었습니다. 그는 있을 수 없는 일이라며 극구 자리를 사양했지만 그의 그릇을 잘 아는 동지들에 의해 결국 대통령 대리로 선정되자 그는 이렇게 말했습니다.

"나는 잠시라도 대통령 대리의 직함으로는 몸이 떨려서 시무할 수가 없소."

이 말은 나같이 능력 없고 인격이 모자라는 사람이 높은 자리에 앉아 있으면 송구스럽고 민망하여 일을 할 수 없다는 말입니다.

우리 정치판을 가만히 들여다보고 있으면 모두가 자기가 적임자라고, 그 자리는 내 것이라고 주장하며 민망한 온갖 추태도 마다 않는데 안창호 선생님의 이 일화를 접하고 나니, 어떻게 행동하는 사람이 진정한 적임자인지를 알 것 같습니다.

이렇게 큰 인물도 자기가 모자라는 사람이라고 하는데, 하물며 우리는 어떻겠습니까? 조그만 감투 하나에도 서로 이전투구를 벌이며 내가 적임자라고 외치는 사람이 우리 자신은 아니었는지 한번 돌아볼 일입니다. 우리가 할 일은 자리에 연연하는 것이 아니라, 스스로를 그 자리에 맞는 재목이 될 수 있도록 능력과 인품을 키우기 위해 자신을 부단히 갈고 닦는 것입니다. 자리는 자신이 정하는 것이 아니라 소속된 사람들이 정하는 것입니다. 자리가 아니라 미래를 위해 더욱 노력하는 것, 그것이 스스로를 높이는 길입니다.

48

인생에는
전화위복이
있다

. . . .
. . . . . .

신이 우리들에게 절망을 보내는 것은

우리들을 죽이려는 것이 아니라

우리들 속에 새로운 생명을 불러일으키기 위함이다.

| 헤르만 헤세

살다 보면 오랫동안 땀 흘리며 이뤄 놓은 것을 한순간에 잃어버리는 아픔을 맞을 때가 있습니다. 그리고 어떤 사람은 그 잃어버린 것 때문에 삶의 의욕을 잃고 모든 것을 놓아 버리기도 합니다. 애써 이뤄놓은 것을 빼앗기는 것은 행복을 빼앗기는 것과 같은 것일 수 있습니다. 행복은 자신의 성취와 비례하기 때문입니다.

한 랍비가 여행을 하고 있었습니다. 그가 소유하고 있는 것은 여행에 필요한 조그만 등잔과 허기를 때울 약간의 식량과 여행 동안 길동무를 해줄 늙은 개 한 마리뿐이었습니다. 여러 날을 여행하며 다니던 그는 날이 저물기 시작하자 밤을 보낼 곳을 찾았는데, 그때 마침 헛간 하나가 눈에 들어왔습니다. 잠자리를 정한 그는 잠자기에는 시간이 일러 등불을 켜놓고 책을 읽기 시작했습니다. 얼마의 시간이 흘렀을까 바람이 불어와 그만 등불이 꺼지고 말았습니다. 그는 불을 다시 켠 다음에 책을 더 읽을까 하다가 그냥 자기로 하였습니다.

잠을 잘 자고 아침에 눈을 떠 보니, 같이 다니던 개가 죽어 있었습니다. 그가 잠든 사이에 여우가 와서 죽였던 것입니다. 그는 어쩔 수 없이 등잔만 가지고 길을 떠났습니다. 요기를 하려고 가까운 마을에 도착해 보니, 마을엔 사람들이 하나도 보이지 않았습니다. 대신에 불 탄 집과 널려진 세간살이들과 그 사이로 죽은 사람들의 시체가 보였습니다. 지난밤에 도둑들의 습격이 있었던 게 분명했습니다.

만약 지난밤 바람에 등불이 꺼지지 않았다면 자신도 도둑들에게 발견돼 죽음을 면치 못했을 것입니다. 또 개가 살아 있었더라면 도둑을 발견하고 짖어 대는 통에 그 역시 죽고 말았을 것입니다. 그는 그때 깨달았습니다. 자신이 소유했던 것을 잃은 덕에 도둑으로부터 죽음을 면했다는 것을.

물질을 잃은 것이 모든 것을 잃은 것은 아닙니다. 그런데도 물질을 잃으면 사람들은 모든 것을 다 잃은 양 슬퍼하며 실의에 빠져듭니다.

탈무드에는 다음과 같은 글귀가 전해져 오고 있습니다. '최악의 형편에 처하더라도 사람은 희망을 잃지 말아야 한다. 전화위복이 있다는 것을 믿어야 한다.'

혹여 오늘 잃은 것이 있다면 잃을 것을 잃었다고 생각하세요. 그 잃음이 이 이야기의 랍비에게처럼 우리에게 전화위복의 행운을 가져다줄지도 모르니까요.

자, 오늘 잃은 것이 있다면 훌훌 털어버리고 힘을 내어 다시 가던 길을 갑시다.

49

어떤 일에나
끝이 있다

열심히 일한 날은 잠이 잘 찾아오고,

열심히 일한 인생에는 조용한 죽음이 찾아온다.

| 레오나르도 다 빈치

사람은 언젠간 반드시 죽게 되어 있습니다. 죽지 않겠다고 온 세상으로 나가 불로초를 구해 오라고 명령을 내렸던 진시황도 결국엔 죽고 말았습니다. 태어남은 곧 죽음을 뜻하는 것입니다. 바로 이 죽음이라는 것이 있기 때문에 사람은 주어진 인생을 더 가치 있게 살기 위해 부단히 노력하는 것입니다.

어느 마을에 외아들을 잃은 한 노파가 아들을 장사 지내고 나서 슬픔을 이기지 못해 울고 있었습니다. 이때 우연히 이 마을을 지나가던 석가모니가 노파의 모습을 보고는 이유를 물었습니다.

"아들이 죽어서 그렇다오. 죽어서라도 아들과 함께 있고 싶은데……"

노파는 흐느끼며 말했습니다. 석가모니는 노파를 가만 두면 정말 아들을 따라 죽을 것 같아 다음과 같이 말했습니다.

"아들을 따라 죽는 것보다 아들을 살리고 싶은 생각은 없으십니까?"

석가모니의 말에 노파는 귀가 번쩍 뜨이는 것 같았습니다.

"무슨 좋은 방법이라도 있습니까?"

노파는 기대가 섞인 눈빛으로 물었습니다.

"있지요."

"그게 무엇인가요. 아들만 살릴 수 있다면 내 무슨 일이라도 다 하리다."

"있는데, 그게……."

"글쎄, 머뭇거리지 말고 얼른 말씀해 보시라니까요."

"예, 말씀드리지요. 그것은 한 번도 사람이 죽어 나간 적이 없는 집의 불을 얻어 오는 것이라오. 그러면 아들을 살릴 수 있다오."

"그런 거라면 내 얼마든지 할 수 있지요."

노파는 어디서 기운이 났는지 쏜살같이 밖으로 뛰어나갔습니다. 그러나 어느 집에서도 불을 구할 수는 없었습니다. 노파가 "당신네 집에서는 아직 죽은 이가 없었습니까?" 하고 물으면 반드시 죽어 나간 사람이 있었기 때문입니다. 노파는 수없이 이집 저집을 돌아다녔지만 결국 불을 얻지 못하고 집으로 돌아왔습니다.

"아무리 찾아봐도 죽은 사람이 없는 집은 찾을 수가 없었습니다."

노파는 힘없는 목소리로 말했습니다.

"그럴 것입니다. 천지개벽 이래 세상에 태어난 사람은 누구나 죽었습니다. 그렇기 때문에 다 살려고 하는데, 노파는 왜 굳이 아들의 뒤를 따라 죽으려 하십니까? 그것이 옳다고 생각하십니까?"

석가모니의 말을 들은 노파는 그때서야 미혹한 꿈에서 깨어나 죽을 생각을 버리게 되었습니다.

이 이야기는 인간의 영혼은 영원하지만 생명은 순간에 지나지 않는다는 것을 말하고 있습니다. 유구한 시간 속에서 보면 인간의 삶은 점으로도 남을 수 없는 찰나를 살다 가는 것입니다. 그런데 그마저 고통스러워 주어진 천명을 거스르고 자살이란 인위적 죽음을 맞는 사람이 있다는 것은 참으로 안타까운 일입니다. 막다른 길에서 죽음으로 내몰리는 그런 사람이 우리가 사는 이 사회에는 없었으면 좋겠습니다. 문제가 있다면 서로 최선의 해결 방안을 찾아 희망을 갖고 살 수 있는 세상을 만드는 데 모두가 동참했으면 좋겠습니다.

50

할 수 있을 때
최선을 다하라

신은 어느 누구에게도
자신의 삶을 받아들일 것인지 아닌지를 묻지 않으신다.
그것은 선택의 문제가 아니다. 당신은 당연히 살아야만 한다.
당신이 선택할 수 있는 유일한 것은
'어떻게 살 것인가'의 방법뿐이다.

| 헨리 워드비치

사람은 언제나 선택 앞에 서 있습니다. 그리고 한 가지를 선택할 수밖에 없습니다. 가령 우리 앞에 수박과 참외를 놓고 한 가지만을 택하라 한다면 두 가지 다 가지고 싶더라도 한 가지를 선택해야 합니다. 이럴 때 선택의 기준은 지금 필요한 것이거나 둘 중 더 나은 것일 것입니다. 선택엔 반드시 버려지는 것이 있습니다. 우리가 선택을 신중히 해야 하는 것은 바로 이 버려지는 것 때문입니다.

선택은 다른 말로 표현하면 기회이기도 합니다. 어느 것을 선택했느냐에 따라 그 선택이 기회를 줄 수도 있고, 그렇지 않을 수도 있습니다. 버린 것이 자신에게 절호의 기회를 줄 수 있었던 것이라면 그것만큼 안타까운 일도 없을 것입니다.

그리스 로마 신화를 읽다 보면 헤라클레스와 만나게 됩니다. 헤라클레스는 그리스 로마 신화에서 최고의 영웅으로 묘사되어 있습니다. 이런 헤라클레스도 어렸을 적엔 성정이 불 같아 꾸지람을 듣곤 했습니다. 그런 어느 날 헤라클레스의 인생을 바꿔 놓는 일이 일어납니다.

하루는 리오스가 어린 헤라클레스를 꾸짖고 있었습니다. 그런데 이 꾸지람을 참지 못한 헤라클레스가 그만 리오스를 때려눕히고 말았습니다. 이 일을 알게 된 아버지 안피트리온은 아들의 불 같은 성정을 바로잡고자 카타론 산으로 아들을 귀향 보내 목장에서 소 떼를 돌보는 일을 하게 했습니다.

헤라클레스는 카타론 산에서 소 떼를 돌보며 많은 생각을 하게 되었습니다. 헤라클레스의 생각은 점차 자신의 앞날에 대한 것으로 옮겨갔습니다. 어떻게 살아야 자신의 앞날이 빛으로 가득할 수 있을까를 고민하고 있던 그에게 두 여인이 나타나 유혹하는 일이 벌어졌습니다. 그 두 여인은 쾌락과 미덕이 변신한 것이었습니다. 두 여인 중 쾌락이 훨씬 아름답고 매혹적이었습니다. 헤라클레스는 둘 중 어느 여인을 선택할까 망설이다가 미덕이 변한 여인을 선택하기로 했습니다. 그는 안이함과 향락을 버리고 미덕을 따르며 자신의 인생을 노력으로 개척하기로 했던 것입니다. 그 결과 카타론 산을 내려오게 되었을 때, 그는 키가 육 척이나 되었고 팔 힘은 따를 자가 없게 되었습니다. 게다가 그의 정기는 불길처럼 타고 있었고, 활쏘기와 창 던지기에서는 누구도 승부를 겨룰 자가 없었습니다. 이 모두가 헤라클레스가 선택한 미덕을 따르려 노력해 온 결과였습니다.

이 이야기에서 보듯이 우리가 어느 것을 선택하느냐도 중요하지만 그 선택을 완성시키는 것은 결국 노력입니다. 헤라클레스가 미덕만 선택하고 노력을 하지 않았다면 그 선택은 헤라클레스에게 아무런 기회도 주지 못했을 것입니다. 미덕을 선택한 헤라클레스가 마음을 다잡고 부단한 노력을 했기 때문에 그리스 로마 신화에서 최고의 영웅으로 그려질 수 있었던 것입니다. 노력이 없는 선택은 그냥 선택으로 끝나고 마는 것입니다. 그리고 무엇보다도 중요한 것은 선택은 자신의 소신으로 하고 자신이 책임을 져야 한다는 것입니다.

51

절망을
도망가게
하라

· · · · · · · ·

결코 우리 자신이

스스로를 낙담하게 하지는 말라.

| 프랑수아 드 페늘롱

우리 속담에 '시작이 반이다'라는 말이 있습니다. 이것은 시작이 그만큼 어떤 일을 함에 있어 중요함을 말해 주는 것입니다. 성공을 꿈꾸는 사람에게는 '자신감이 성공의 반이다'라고 말할 수 있습니다. 영국 속담인 '자신감은 성공의 으뜸 가는 비결이다'와 일맥상통하는 말입니다.

　로마에 줄리어스 시저라는 장군이 있었습니다. 그 유명한 클레오파트라의 연인이기도 했던 그는 폼페이우스 등과 삼두정치를 한 시대의 영웅이었습니다.

　시저가 어느 날 작은 배를 타고 바다를 건널 일이 생겼습니다. 배를 타고 한참을 가고 있는데 별안간 거대한 폭풍우가 일면서 순탄하기만 했던 항해가 난관에 부딪히게 되었습니다. 배에 타고 있던 사람들은 이제 마지막이라는 공포에 싸여 아우성쳤습니다. 심지어 한 평생을 배와 더불어 살아온 늙은 사공마저도 노를 팽개치고는 "하느님, 하느님. 저희들을 살려주소서." 하며 하늘만 쳐다보고 있을 뿐이었습니다. 이런 광경을 기가 차다는 듯이 보고 있던 시저는 자리에서 벌떡 일어났습니다. 그리고는 벼락같이 큰 소리로 외쳤습니다.

　"이게 무슨 짓들이냐? 사공은 어서 노를 잡지 못할까! 이 시저가 타고 있는 한 아무 걱정 없다. 배가 침몰하다니 말이 되는가?"

이에 정신을 차린 사공은 노를 잡았고 사람들 역시 자기 자리를 지키며 시저의 명령에 따랐습니다. 그러자 폭풍우는 얼마 가지 않아 거짓말같이 잠잠해졌고 배는 무사히 뭍에 당도했습니다. 사람들은 다시금 시저의 용맹스러움에 감탄을 하였습니다.

자신을 믿지 않는데 어찌 다른 사람을 믿을 수 있겠으며, 세상을 믿을 수 있겠습니까? 자신을 믿지 않는데 어찌 꿈꿀 수 있겠으며, 세상에 이룰 수 있는 꿈이 있겠습니까? 자신감은 자기 자신을 사랑하는 자기애에서 나오는 것입니다. 사람은 자기를 사랑하지 않고서는 남도 사랑할 수 없는 것입니다. 바로 자신을 사랑하는 것이 자신감입니다. 자신을 사랑한다면 자신감을 가져야 합니다. 어떤 일 앞에서든 '나는 할 수 있다. 나는 해낼 수 있다'라는 자신감을 갖고 임해야 합니다. 설령 그 일이 실패해 아픈 상처를 남겨 주더라도 자신감을 갖고 했을 때와 그렇지 않았을 때는 다릅니다.

자기를 사랑한다면 자신감을 가지세요. 누군가에게만 "사랑해"라고 말하지 말고 자신에게도 "사랑해"라고 말해 보세요. 그러면 자신감이 심장에서 활화산처럼 뛸 것입니다. 자신감이 있으면 성공의 반은 이룬 것이나 다름이 없습니다.

52

풀릴 때까지
집중하라

·
·
·
·
·
·

중요한 것은 질문하기를 멈추지 않는 것이다.
거룩한 호기심을 결코 잊지 말아야 한다.

| A. 아인슈타인

만유인력에 대해서는 학창시절에 많이 듣고 배워서 모르는 사람
이 거의 없을 것입니다. 사과가 나무에서 떨어지는 것을 보고 만유인
력을 발견했다는 뉴턴. 뉴턴은 일반 사람 같으면 자연의 현상으로 보
고 무심히 지나쳤을, 사과가 땅으로 떨어지는 것에서 지구에 중력이
존재하고 있음을 깨닫고 그것으로 천체 운행의 이론을 정립해 냈던
것입니다.

　뉴턴이 만유인력 이론을 세상에 내놓은 지 얼마 후, 그 비결을 앓
고 싶어 하던 사람이 찾아와 물었습니다.

　"선생님, 이런 큰 이론을 발견하신 데에는 반드시 다른 사람이 알
지 못하는 선생님만의 비결이 있으시겠지요? 있다면 후학들을 위해
그 비결을 말씀해 주십시오."

　질문을 받은 뉴턴은 미소를 지으며 다음과 같이 대답했습니다.

　"하하, 뭐 별다른 비결이야 있겠습니까. 있다면 항상 어떤 의문이
나 연구과제가 떠오를 때, 저는 그냥 지나치지 않고 그 문제를 늘 염
두에 두고 계속 해결방법을 찾는다는 것입니다. 항상 열심히 생각한
다는 것이 비결이라면 비결이겠지요."

　뉴턴 하면 집중력이 좋기로 유명한 사람입니다. 어렸을 때는 한
친구가 그를 골려 주려고 그가 수학 문제를 푸는 일에 집중해 있을

때 도시락을 까먹고 어떻게 하나 보았는데, 점심을 먹으려던 뉴턴이 빈 도시락을 보고는 '아참 아까 먹었지.' 했다는 유명한 일화가 전해져 올 정도이니, 집중력이 어느 정도로 좋았는지는 알 만하겠지요.

이렇게 집중력이 좋은 뉴턴이 어느 현상에 대해 끝까지 물고 늘어지는 포기할 줄 모르는 정신력까지 가지고 있었으니, 그에게 만유인력의 발견이란 행운이 주어진 것은 어쩌면 당연한 일일지 모릅니다. 여기에서도 우리가 느끼게 되는 건 열심히 하는 사람에겐 결국 이룸이란 성공이 찾아오게 되어 있다는 것입니다. 열심히 한다는 것, 그게 모든 성공의 시작이라는 것을 우리는 뉴턴을 통해서도 알게 됩니다.

53

책 속에
길이 있다

독서란 회초리를 들거나 호통치는 일 없이,
또 돈을 내야 할 필요도 없이 가르침을 주는 스승이다.
아무 때나 만나러 가도 잠자는 일 없고,
언제라도 궁금한 것을 물어볼 수 있다.
책은 어떤 것도 감추지 않고 말해 주며
설령 책이 설명해 주는 것을 오해하는 일이 있어도
불평하지 않고 또 무식해도 비웃는 일이 없다.

| 리차드 드 매리

사람은 누구나 유식해지기를 바랍니다. 이번에는 학원이나 학교를 다니지 않고도 유식하게 될 수 있는 방법을 소개해 보겠습니다.

미국에서 상원의원을 지낸 사람 중에 자타가 인정해 줄 만큼 아주 유식한 사람이 있었습니다. 그는 상원의원을 했지만 가난하여 학교 공부는 별로 하지 못했습니다. 학교 공부도 얼마 하지 못한 그가 이렇게 유식하게 된 것에 의문을 갖고 있던 한 젊은이가 그를 찾아와 비결을 물었습니다.

"저는 의원님을 존경하고 있는 사람입니다. 저 역시 의원님처럼 유식해지고 싶은데, 그 비결을 좀 알려주시면 안 되겠습니까?"

젊은이의 부탁에 그가 대답했습니다.

"비결이라…… 비결이 있다면 이것일세. 나는 이른 나이도 아닌 열여덟 살 때부터 하루에 두 시간씩 책을 읽기로 결심했다네. 차를 탈 때나, 사람을 기다릴 때나, 여행을 할 때도 책을 읽는 일만은 멈추지 않았지. 신문이나 잡지는 물론 소설이나 시도 읽었고 정치평론과 경제서도 마다 않고 읽었어. 그렇게 책을 읽자는 결심을 하루도 거르지 않고 실행했더니, 자연히 모르는 것을 알게 되었고 언제부턴가는 사람들이 나보고 유식하다고 하더군. 젊은이, 유식해지고 싶다면 책을 열심히 읽게. 내가 알려줄 비결은 그것뿐이네."

책만 들면 졸음이 쏟아지는 사람도 많지요. 그러나 읽기 싫어도 책을 읽어야 한다는 것을 나이가 들면 알게 됩니다. 어렸을 때부터 시작해야 그 효과가 크게 나타난다고 하지만 나이가 들어서 시작해도 늦지 않은 것 중에 하나가 독서일 것입니다. 심심한 시간에만 책을 읽어도 세상을 살아가는 지식을 습득하는 데 많은 도움이 될 것입니다. 지금부터는 심심한 시간에 책을 읽는 것으로, 심심함을 독서하는 즐거움으로 바꾸는 것은 어떨까요.

독서! 아무리 강조해도 지나치지 않습니다.

54

긍정의
힘을
믿어라

강인하고 긍정적인 태도는
그 어떤 것보다
더 많은 기적을 일으킨다.

| 패트리샤 닐

사람은 살다 보면 자기의 선택이 잘못돼서이거나 또는 자기의 의지와는 상관없이 곤경에 처할 때가 있습니다. 어쩌면 곤경을 헤쳐 나가며 사는 게 인생이라는 생각이 들 정도로 곤경은 늘 삶과 함께하고 있다는 생각이 듭니다. 수명이 길게 잡아 백년이라고 해도, 그리고 아무리 행복하게 웃고 살아도 짧다면 짧은 것이 인생인데, 곤경과 슬픔에 빠져 고통스럽게 지내야 한다는 것이 화가 날 때도 있습니다.

　그러나 그래도 살 만한 게 또 인생이라는 생각이 듭니다. 그 대표적인 말이 우리 속담에 있는데, 그것은 '개똥밭에 굴러도 이승이 좋다'는 말입니다. 사람의 목숨은 곤경에 처했다고 해서 쉽게 버릴 수 있는, 그렇게 가치 없는 것이 아닙니다. 아니 아주 소중한 것입니다.

　다음 이야기는 사람의 목숨이 얼마나 소중한 것이며, 아무리 큰 곤경에 처했어도 희망을 잃지 않으면 살 수 있다는 것을 말해 주고 있습니다.

　사막은 불덩어리같이 뜨거웠고 갈 길은 멀었습니다. 그 사막을 아버지와 아들이 걷고 있었습니다. 사막 여행길에 올랐다가 차가 고장 나서 걷게 된 것이었습니다. 사막을 걷다 작열하는 햇빛과 목마름을 견디지 못한 아들이 아버지에게 말했습니다.

　"아버지, 목이 마르고 지쳐서 죽을 것 같아요."

그러자 아버지는 아들을 격려했습니다.

"애야, 그렇지만 끝까지 가 보아야 하지 않겠니? 조금만 더 가면 사람이 사는 마을을 발견할 수 있을 거야."

아버지와 아들은 계속해서 걸었습니다. 아버지는 힘들어 하는 아들을 계속 격려하며 걷고 있었지만 아들은 점점 절망 속으로 빠져들고 있었습니다. 그러다가 두 사람은 사막 한가운데서 무덤과 마주치게 되었습니다. 이를 본 아들이 놀라 말했습니다.

"이것 보세요, 아버지. 이 사람도 우리처럼 사막을 걷다 지쳐서 죽고 만 거예요."

아들은 이제 너무 낙심해 고개를 푹 수그렸습니다. 이런 아들에게선 아무런 의욕도 힘도 없어 보였습니다. 그러나 아버지는 포기하지 않고 아들의 어깨에 손을 얹고는 조용히 말했습니다.

"아니란다. 무덤이 여기 있다는 것은 곧 희망이 있다는 것이란다. 아마 여기에서 머지않은 곳에 마을이 있을 거야. 사람이 없는 곳에는 무덤도 없는 법이니까."

그리고는 아들의 손을 잡고 다시 사막을 걷기 시작했습니다. 그렇게 걷기 시작한 지 얼마 지나지 않아 아버지와 아들은 마을을 발견하고 여행을 무사히 마칠 수 있었습니다.

사람의 생명은 고무줄 같다는 생각이 듭니다. 세계 곳곳의 사고 현장에서 살아남아 구조된 사람들을 보면 말입니다. 수십 일씩 사고 현장에 갇혀 있다 살아난 그들은 한결같이 얘기하고 있습니다. 죽음의 공포에서 벗어나기 위해 '살 수 있다는 희망과 살겠다는 의지만 가졌다' 고. 이런 것을 보면 사람의 의지가 얼마나 위대한 힘을 발휘하는지 알 수 있습니다.

우리가 버릇처럼 말하지만, 정말 한 번뿐인 목숨입니다. 그 한 번뿐인 목숨에 대한 생각이 긍정적이었으면 합니다. 설령 지금 앞이 보이지 않는 절망의 늪에 빠져 있더라도 목숨마저 헌신짝처럼 생각하지는 않았으면 좋겠습니다. 만약 오늘의 곤경이 힘들어 삶을 포기하면 그대를 기다리고 있는 미래의 행복마저 포기하는 것임을 잊지 않았으면 좋겠습니다.

55

모험이
새로운 미래를
만든다

모험! 그 얼마나 아름답고 가슴 벅찬 일이던가!

내게 다가오는 것들, 나를 기다리고 있을 그 모든 신비한 세계.

이제 곧 내 운명을 향해 떠나련다.

| 앙드레 지드

한때 크게 성장하여 이름을 날리던 기업도 한 세대를 넘기지 못하고 쇠락의 길을 걷거나 아예 이름마저 사라져 버린 것을 우리는 봅니다. 이유는 무엇일까요. 여러 가지가 있겠지만 가장 큰 이유 중 하나는 현실에 안주하고 모험을 하지 않았기 때문입니다.

　이것은 기업만의 일이 아닙니다. 한때 잘 나가던 개인도 현실에 안주하려 하거나 새로운 것을 받아들이는 모험을 두려워해 도전을 회피하다가 다른 사람에게 그 지위를 내주고 뒷방으로 나앉는 것을 주변에서 어렵지 않게 볼 수 있습니다.

　발타자르 그라시안은 모험에 대해 다음과 같이 말하고 있습니다.

　"낡은 세상에 안주하고 있는 사람은 미래를 맞아들이기 힘들다. 미래는 항상 새로운 것들로 가득 차 있기 때문이다. 마음의 문을 열고 들뜬 모험의 순간을 수용할 수 있어야 한다. 진정으로 그 모험을 받아들일 때 한층 더 커진 자신의 모습을 바라볼 수 있을 것이다. 오직 모험만이 새로운 미래를 낳는다."

　젊다는 것은 무엇일까요. 나이가 들어 잃을 것이 생기면, 그것을 잃을까 두려워 섣불리 모험을 하지 못하고 새로운 것을 받아들이는 일에 머뭇거리게 됩니다. 즉, 현실에 안주하려는 경향을 나타내게 됩니다. 그러나 젊음은 잃을 것은 없고 얻을 것만 있는 시기이기 때문에 그럴 필요가 없습니다. 그런데도 모험의 길로 나서는 것을 주저하는 젊은이가 우리 주변에는 많습니다. 그들은 기성세대처럼 가진 것이 많아서가 아니라 자신감이 결여되어 있기 때문입니다.

젊은 나이에 모험을 포기하고 사는 것은 자신에게 너무나 큰 손실입니다. 잃을 것이 없는 것이 젊음이라면 모험을 하는 도전의 길로 나서는 것이 젊은이의 참된 자세가 아닐까요. 발타자르 그라시안의 말을, 젊은이라면 늘 가슴에 새기고 살아갔으면 좋겠습니다. 그리하여 모든 젊은이들이 자신이 이루고자 하는 일을 향해 모험과 도전의 길로 나섰으면 합니다.

56

원하는 것을
갈구하라

구하라, 얻을 것이다.
두드려라, 열릴 것이다.

| 성서

한 청년이 소크라테스를 찾아와서 말했습니다.

"저는 지식을 탐구하러 왔습니다."

소크라테스가 물었습니다.

"자네의 그 욕구가 얼마나 간절한가?"

"꼭 이루고야 말겠습니다."

청년의 말을 들은 소크라테스는 청년을 바닷가로 데리고 가서는 턱밑 깊이까지 오는 물속으로 밀어 버렸습니다. 그러고는 청년이 물 위로 고개를 내밀었을 때 물었습니다.

"네가 가장 필요했던 게 뭐냐?"

"공기입니다. 숨을 쉬어야 했습니다."

그러자 소크라테스가 다음과 같이 조언을 했습니다.

"네가 물속에서 숨을 쉬어야 했던 것처럼 지식을 갈구한다면 지식 은 네 것이 될 수 있을 것이다."

무엇인가를 시작한다고 할 때 어떤 마음가짐으로 해야 하는지를 잘 알려주고 있는 글입니다. 물속에서 숨이 막힐 때 가장 절실하게 필요한 것이 공기지요. 물속에서 공기를 갈구하던 그 마음으로 자신 이 원하는 일에 매달려 땀을 흘리시기 바랍니다. 그러면 언젠가 그것 은 자신의 것이 될 것입니다.

57

의심은
가장 큰
적이다

가장 소름 끼치는 불신은
바로 자기 안에 있는 불신이다.

| 토마스 칼라일

로버트 풀턴이 증기선을 처음으로 사람들에게 공개했을 때의 일입니다. 많은 사람들은 돛단배나 나무배가 아니라 증기선이 바다 위에 떠서 움직여 가리라고 믿지 않았습니다. 사실 그 증기선을 구경하러 나온 대부분의 사람들은 풀턴의 증기선이 가라앉거나 움직이지 않을 거라고 확신하는 분위기였습니다.

　증기선을 처음으로 시험 운항할 때 구경꾼들 중 한 남자는 이렇게 중얼거렸습니다.

　"저 배는 움직이지 않을 거야. 움직일 리가 없어. 절대 없어."

　그런데 배는 돌연 증기를 내뿜더니 서서히 움직이기 시작했습니다. 사람들은 놀라 입이 벌어졌고 믿을 수 없는 현실에 탄성을 내질렀습니다. 깜짝 놀란 남자는 한참 동안 배를 바라보더니 다시 중얼거리기 시작했습니다.

　"움직이긴 했지만 멈추진 않을 거야. 멈출 리가 없어. 절대 없어."

　이런 마음을 가지고 있는 사람이 세상엔 꽤 있습니다. 자신이 믿고 싶은 대로 일이 돌아가지 않을 때 그 사실을 받아들이지 않으려는 경향을 보이는 사람들입니다. 이것은 자기 자신에 대해서도 마찬가지입니다. 자신이 자신의 능력을 믿지 못하면 결코 아무 일도 해낼 수 없습니다.

제 4 장

기적은
언제
일어나는가

58

경쟁자에게서
희망을 보라

먼저 당신이 원하는 바를 결정하라.

그리고 그것을 이루기 위해

당신이 기꺼이 바꿀 수 있는 것이 무엇인지 결정하라.

그 다음에는 그 일들의 우선 수위를 정하고 곧바로 그 일에 착수하라.

| H. L. 린트

성공을 하려면 경쟁자를 사랑하라는 말이 있습니다. 인생을 살면서 경쟁자만큼 자신을 발전하게 하는 동반자는 아마 없을 것입니다. 좋은 경쟁자가 그대 곁에 있다면 그대는 행운아입니다. 그대를 발전시켜 줄 철길 같은 한 축이 있는 것이기 때문입니다. 성공이라는 그대의 기차가 달려갈 수 있도록 함께 철길이 되어 주는 사람이 경쟁자입니다.

오스트리아에 베르펠이라는 작가가 있었습니다. 그는 오스트리아에서 인상주의의 개척자였습니다. 시는 물론 소설, 희곡, 수필을 계속 발표하며 작가로서 입지를 굳히기 위해 노력했습니다. 이런 그에게 단점이 있었는데 그것은 늦잠을 자는 버릇이었습니다.

그는 젊은 시절 베를린에서 서정시인으로 유명한 하이젠 그라파와 같은 하숙집을 얻은 일이 있었습니다. 그는 거기서도 늦잠을 자기 일쑤였습니다. 이런 점을 알고 있었기에 그는 하숙집 아주머니에게 깨워줄 것을 부탁한 후 잠들곤 했습니다. 그러나 문제는 한 번 잠든 베르펠은 아주머니가 아무리 깨워도 잠에서 깨어나지 못할 때가 많다는 거였습니다. 베르펠의 이런 모습을 보다 못한 하숙집 아주머니는 어떻게 하면 그의 잠을 깨울 수 있을까를 궁리하다 좋은 묘책을 떠올리게 되었습니다.

베르펠은 같은 하숙집에서 생활하는 하이젠 그라파에게 라이벌 의식을 느끼고 있었습니다. 그보다 더 좋은 작품을 쓰겠다고 늘 다짐을 하곤 했습니다. 하숙집 아주머니는 이런 베르펠의 마음을 알고 있었던 것입니다. 다음 날부터 아주머니는 베르펠을 깨울 때는 그의 라이벌 의식을 이용해 이렇게만 외치는 거였습니다.

"베르펠 씨, 베르펠 씨! 빨리 일어나세요. 옆방의 하이젠 그라파 씨는 벌써 일어나 시를 세 편이나 쓰셨답니다."

정말 놀라운 일은 그렇게 애써 깨워도 일어나지 못하던 그가 하숙집 아주머니의 이 말을 들으면 거짓말같이 벌떡 일어난다는 것이었습니다. 게다가 이 일이 계기가 되어 그 후부터는 베르펠이 침대에서 늑장을 부리는 일도 볼 수 없게 되었습니다.

경쟁자는 자신의 단점마저도 고치게 해 줍니다. 경쟁자는 비교대상이 되므로 그보다 못한 행동을 하는 것은 자존심이 허락하지 않기 때문입니다.

그러나 때로는 이런 경쟁심리가 삐뚤어져 경쟁상대를 이유 없이 곤경에 빠뜨리거나 가는 길에 함정을 파는 행동을 보이기도 합니다. 그러나 우리가 알아야 할 것은 이것은 경쟁이 아니라 자신이 낙오했다는 경보음이라는 것입니다.

경쟁은 선의의 경쟁일 때 아름답습니다. 선의의 경쟁은 경쟁의 결과에 깨끗이 승복한 뒤, 패자는 승자를 축하해 주고 승자는 패자에게 위안과 함께 경쟁해 준 것에 대해 고마운 마음을 갖는 것이기 때문입니다. 좋은 라이벌이 있다면 존중해 주고 선의의 경쟁으로 서로에게 도움을 주는 관계를 만들어 가세요. 경쟁자는 결코 미워해야 하는 관계가 아니라 사랑해야 하는 관계임을 한시도 잊지 말고 자신의 길을 가는 사람이 되기 바랍니다.

59
문제를
해결하는
방법

그것에 직면하라.
그것만이 목적에 이르는 길이다.
그것과 대면하라.

| 조셉 콘라드

알렉산더 대왕이 페니키아를 정복할 때였습니다. 다른 지방은 다 정복했는데, 지금 레바논의 지중해 연안에 있는 테레시만은 정복을 하지 못하고 있었습니다. 그만큼 테레시 군인과 시민들의 저항이 거셌기 때문입니다. 알렉산더는 여러 가지 장비와 병선 이백 척을 띄워 7개월 동안 줄기차게 공격했지만 난공불락이었습니다. 군대는 성과 없는 지루한 전투로 지칠 대로 지쳐 있었습니다. 급기야 알렉산더는 점술가에게 점을 치게 하였습니다. 점술가가 말했습니다.

"이 달 안으로 반드시 함락될 것입니다."

점술가의 자신 있는 대답에 병사들은 모두 무슨 일인지 웃음을 터트렸습니다. 그날이 바로 그 달의 마지막 날이었던 것입니다. 그러자 알렉산더는 비웃는 병사들을 향해 단호히 외쳤습니다.

"오늘을 이 달의 23일로 고치도록 명령한다."

그리고는 진군 나팔을 불어 맹렬히 공격한 결과 테레시도 결국 그날로 함락되고 말았습니다. 『플루타르크 영웅전』에 나오는 알렉산더에 관한 내용입니다.

이런 알렉산더의 일화 중 하나를 더 소개하면 다음과 같습니다. 알렉산더는 어느 날 세계 정복의 길에 오르기에 앞서, 군사들이 어느 정도의 재산이 있어야 가족들을 걱정하지 않고 자신을 따라 원정에 나설 수 있는지를 조사토록 하였습니다. 그리고는 조사한 것을 바탕으로 군사들에게 토지와 국가의 수입을 나눠 주더니, 마지막에는 왕실의 재산마저 아낌없이 모두 분배해 주고 말았습니다. 그러자 이 모습을 보고 있던 한 장수가 알렉산더에게 물었습니다.

"이렇게 모두 나눠 주고 나면, 정작 대왕 자신에겐 무엇이 남습니까?"

그러자 알렉산더가 대답했습니다.

"세계가 다 내 재산이오."

다시 보아도 참으로 멋진 말입니다. 알렉산더의 이러한 생각이 그를 20세에 왕위에 오르게 해 33세에 요절할 때까지 세계 대제국을 이룩하게 한 것은 아닐까요.

세상은 자신이 어떤 마음을 먹느냐에 따라 천양지차로 바뀔 수 있습니다. 자신 앞에 놓여 있는 일에 대해 자신감을 갖고, 당당하게 맞서 싸우는 삶을 사는 사람이 되었으면 합니다.

60
어려운
문제일수록
재치를 발휘하라

마음의 평화란

최악의 경우까지도 받아들이고자 하는

마음가짐이다.

| 린 유텡

조선시대에 영의정까지 올랐던 이항복이라는 사람이 있습니다. 그
는 오성이라는 호로 더 유명하기도 합니다. 아마 오성과 한음 하면
"아!" 하고 무릎을 치는 사람도 있을 것입니다. 그만큼 둘 다 재치에
있어서는 둘째가라면 서러울 정도로 유명한 사람들이었으니까요. 여
기서는 오성의 재치가 어느 정도인지를 짐작하게 하는 일화 하나를
소개해 보겠습니다.

　하루는 임금이 오성 대감의 재치를 시험해 보고 싶은 생각이 문
득 들었습니다. 그래서 오성 대감을 빼고 다른 신하들에게 다음 날
아침에 대궐로 들어올 때 모두 달걀을 한 알씩 도포자락 속에 넣어
가지고 오라 명했습니다. 이튿날 신하들이 모두 모이자 임금이 말했
습니다.

　"자, 어제 짐이 가지고 오라 한 달걀을 모두 내봐 보시오?"

　미리 얘기를 들은 신하들은 제각기 자기 앞에 달걀을 꺼내 놓았
지만, 영문을 모르는 오성 대감은 그저 어리둥절해 하고 있을 뿐이었
습니다. 그 모습을 본 임금은 시치미를 뚝 떼고 물었습니다.

　"오성 대감은 어찌하여 달걀을 가지고 오지 않으신 거요?"

　임금의 질문에 오성 대감은 다른 신하들이 내놓은 달걀만을 쳐다
볼 뿐, 아무 대답도 하지 못했습니다. 영의정까지 오른 사람이 임금의

분부를 까마득히 모르고 있었다는 것은 낯이 서지 않는 일이었기 때문입니다. 잠시 동안 딱한 표정을 짓고 있던 그는 무슨 좋은 생각이 떠올랐는지 씨익 미소를 짓더니 양팔을 닭의 날개처럼 펴고는 "꼬끼오! 꼬끼오!"하며 닭이 우는 흉내를 냈습니다. 그러고 나서는 임금에게 다음과 같이 말하는 것이었습니다.

"아뢰옵기 송구하오나 소신은 수탉이라 달걀을 낳지 못하옵니다."

세상을 살아가다 보면 곤란한 지경에 처할 때가 있습니다. 그런데 이 곤란한 지경을 기발한 재치로 확 날려 버리는 사람들이 있습니다. 살아가는 데 있어 이런 재치는 참으로 필요합니다. 위기를 기회로 바꿔주거나 적어도 심각하지 않게 문제를 해결해 주기도 하니까요. 때로는 썰렁했던 분위기를 웃음으로 따뜻하게 바꿔 주기도 합니다. 요즘은 재밌는 사람이 인기가 있다고 합니다. 복잡하고 스피디한 요즘 세상을 살아가다 보면 싫증 나고 짜증 나는 일도 많을 것입니다. 이럴 때 재밌는 말로 한바탕 웃을 수 있는 여유를 주는 사람은 누구라도 좋아할 것입니다.

별로 심각하지 않은 일에 대처를 잘못해 정말 심각한 일로 만드는 사람이 있는가 하면, 매우 심각한 일도 지혜로운 대처로 원활하게 만들어 가는 사람도 있습니다. 오성의 재치를 늘 기억하고 살아간다면 마음은 그만큼 여유로워질 수 있을 것입니다.

61

용기는
절망의 끝에서
나온다

· · · · · · · ·

대담하게 하라, 또 대담하게 하라.
영원토록 대담하게 하라.

| 당통

　우리는 사람을 평가할 때 용기를 하나의 잣대로 사용하기도 합니다. 어떤 사람에게 '저 사람은 용기가 있어', 또 어떤 사람에게는 '저 사람은 용기가 없어'라고 평가를 내립니다. 그러나 평상시에는 용기가 있다고 평가한 사람도 위기의 순간이 오면 용기란 온데간데없고 벌벌 떠는 모습을 보게 됩니다. 그러나 이와 반대로 평상시에는 용기가 없다고 평가된 사람이 정작 위기의 순간엔 누구보다도 용기를 가지고 위기와 맞서는 것을 볼 때도 있습니다.

　다음의 글은 지금으로부터 몇 십 년 전에 중국의 벽지 마을에서 있었던 일입니다. 용기란 어디에서 나오는지를 알려주는, 읽으면 살아가는 데 도움이 되는 글입니다.

　중국의 한 벽지 마을에 백인 가족이 살고 있었습니다. 정착해서 살려고 온 것이 아니라 남편이 그곳에서 고고학과 관련해 연구할 것이 있어 1년만 머무르려고 온 것이었습니다. 백인 가족은 그 마을에서 제일 크고 웅장한 집을 하나 얻었습니다. 살 곳이 마련되자 남편은 연구를 위해 오랫동안 탐사 길에 올랐습니다. 그래서 집에는 아내와 아들과 고용인들만이 살고 있었습니다. 이들은 이 마을에서 유일한 백인이었기 때문에 마을 사람들과 잘 어울리지 못하고 외톨이로 지내다시피 하고 있었습니다.

그런데 이상하게도 그해에는 여름이 거의 끝나갈 무렵까지 비가 오지 않아 애써 지은 농작물은 바짝 타들어 갔고 우물엔 먹을 물까지 바닥이 났습니다. 이렇게 되자 마을 사람들은 다가올 겨울을 어떻게 보내야 할지 암담하기만 했습니다. 이때 승려들이 신이 노하신 결과라고 하자, 여유를 잃어버린 마을 사람들의 눈은 유일한 외국인이었던 백인 가족에게로 쏠렸습니다. 사람들은 신이 노하신 이유가 백인 가족들 때문이라고 결론을 내렸습니다. 그리고 신의 분노를 가라앉히기 위해 백인 가족을 죽여 없애기로 하였습니다. 이 소식은 곧 백인 가족에게 전해졌습니다.

"마님, 오늘 밤 마을 사람들이 이곳으로 마님과 도련님을 죽이러 온다고 합니다. 어서 방도를 강구하세요."

하녀의 말을 들은 아내는 얼굴이 하얗게 질리며 놀랐습니다. 그러나 그것도 잠시뿐 아내는 무슨 생각을 했는지 아들에게 저녁을 먹이고 목욕을 시킨 후 제일 좋은 옷을 입혔습니다. 그리고 자신도 새 옷을 입고 머리를 단정하게 빗었습니다.

'혹시 자살이라도 하려는 것이 아닐까.'

하녀들은 이런 주인의 모습을 보면서 불길한 생각을 감추지 못했습니다. 이때 남자 하인 한 명이 다급하게 뛰어와 여주인에게 외쳤습니다.

"마을 사람들이 무장을 하고 이 집을 향해 출발했다고 합니다."

하인의 말을 들은 여주인은 하녀들에게 다음과 같이 명령했습니다.

"찻잔을 모두 꺼내 차를 새로 따라 줘. 케이크도 접시에 담고 과일도……."

한마디로 손님 접대 상을 차리게 하는 거였습니다. 그리고 정원사를 불러서는 다음과 같이 지시하였습니다.

"마을 사람들이 편히 들어오도록 대문을 활짝 열어 놓아요."

정원사는 여주인의 말에 의아한 표정을 지으면서도 지시에 따라 대문을 활짝 열어 놓았습니다. 집안 분위기는 여느 때와 다름없이, 아들은 장난감을 가지고 놀고 있었고, 아내는 바느질을 하는 평온한 상태였습니다.

이윽고 열어 놓은 대문을 통해 마을 사람들이 험상궂은 얼굴을 하고 들이닥쳤습니다. 그러자 여주인은 바느질감을 내려놓으며 상냥하게 말했습니다.

"마을 사람들이 이렇게 저희 집을 찾아주시니 참으로 반갑네요. 어떻게 인사라도 하려고 했는데, 어서 이리들 오셔서 차라도 한잔 드세요. 정말들 잘 오셨습니다."

본디 심성이 착했던 마을 사람들은 여주인이 상냥하게 웃으며 부드러운 목소리로 이렇게 말하자, 그저 차려 놓은 차와 음식만을 먹고는 조용히 돌아갔습니다. 그와 때를 같이 해 그날 밤 하늘에서는 비가 주룩주룩 내리기 시작했습니다.

훗날 이 일을 기억하고 있던 아들이 조금 컸을 때 어머니에게 물었습니다.

"엄마 그때 무섭지 않으셨어요?"

"무섭지 않긴! 아주 많이 무서웠지."

어머니의 대답에 아들은 이상하다는 표정을 지으며 다시 물었습니다.

"그런데 어떻게 그런 용기를 낼 수 있었어요?"

"음 그것은 절망했기 때문이야. 지금 생각해 보니 용기는 바로 절망에서 생기는 거란 생각이 드는구나."

용기가 절망에서 생긴다는 이 말에 어떤 생각이 드십니까? 우리가 용기 있다고 내세울 때는 아무 탈 없는 평상시가 아니라 절망이 앞을 가리고 서 있는 이런 위기의 순간이 아닐까요. 참된 용기의 소유자는 평상시에는 조용하고 위기의 순간에는 능력을 발휘하는 사람 아닐까요.

62

기적은
언제
일어나는가

· · · · · · · ·

아무리 어려운 사업이라도 하고야 말겠다는
결심만 있으면 성취되는 것이다.

| 무명씨

228

쥐도 막다른 길목에 몰리면 고양이를 문다고 하지요. 바로 이와 같은 일이 베트남전에서 일어났습니다.

베트남 전쟁이 한창 중일 때 미군 네 명이 지프를 타고 좁은 길을 달리고 있었습니다. 그런데 비상사태가 터지고 말았습니다. 그들이 달리는 길 중간에 매복하고 있던 베트콩들이 습격을 해왔기 때문입니다. 급히 차를 세우고 상황을 판단해 보니 앞으로 전진하다가는 모두 죽을 형국이었습니다. 그러나 차를 돌려 돌아갈 수도 없었습니다. 길이 너무 좁아서 차를 돌릴 수가 없었기 때문입니다. 바로 이런 지형 때문에 베트콩은 이곳에 매복해 있었던 것입니다. 이때 생사가 달린 병사들은 차에서 급히 뛰어내렸습니다. 그러고는 선임병사의 호령에 맞춰 지프차의 네 귀퉁이를 한 사람씩 잡고 들어서는 차를 반대 방향으로 돌리는 데 성공했습니다. 알 수 없는 일이지만 순간 네 명의 병사에게는 괴력이 생겼던 것입니다. 차를 돌린 병사들은 얼른 차를 타고 그 위태로운 순간을 무사히 넘길 수 있었습니다. 진영으로 돌아온 병사들은 이 얘기를 동료 병사들에게 했는데, 어느 누구 하나 곧이들으려 하지 않았습니다.

"야, 말도 안 돼. 어떻게 네 사람이 빈 차도 아닌 중장비를 가득 싣고 있는 차를 들어서 돌릴 수 있냐?"

동료 병사들은 이런 논리로 그들의 말을 믿지 않으려 했습니다.

"아니야, 정말이라니까. 이거 뱃속을 뒤집어 보여줄 수도 없고, 하여간 정말이라니까."

"에이 믿을 걸 믿으라고 해야지."

동료 병사들은 절대 그들의 말을 믿지 않을 태세였습니다. 이렇게 자신들의 말을 믿지 못하겠다는 쪽으로 흘러가자, 네 명의 병사는 그저 답답하고 기막힐 따름이었습니다.

"좋아, 우리가 여기서 보여줄게. 믿지 못하겠다면 모두 우리를 따라 나와."

급기야 네 명의 병사들은 여기서 다시 차를 들어 돌려놓겠다는 제안을 하고 말았습니다.

"그래, 저렇게 안달이니 속는 셈 치고 한번 보러 가 주자."

동료 병사들은 뻔한 결과겠지만 속는 셈치고 한번 봐주겠다며 네 명의 병사들을 따라 나섰습니다. 지프차에 도착한 네 명의 병사들은 좀 전과 같이 네 귀퉁이를 하나씩 잡고서는 차를 들어올리려 안간힘을 썼습니다. 그런데 이게 어떻게 된 일입니까? 불과 몇 시간 전만 해도 번쩍 들어올릴 수 있었던 차인데, 지프차는 거짓말같이 꿈쩍도 하지 않았습니다. 이를 지켜보던 병사들은 '그러면 그렇지' 하는 표정으로 발길을 돌려 내무반 안으로 들어갔습니다. 네 명의 병사들은 동료 병사들의 뒷모습만 바라보며 머리를 긁적거려야 했습니다.

사람은 위기의 순간 자신도 모르게 발휘하는 초인적인 힘을 가지고 있다고 합니다. 그리고 이런 사례는 곳곳에서 보고되는데, 그 현상은 과학적으로 아직 밝히지 못해 그저 기적이라고만 하고 있습니다. 네 명의 병사들은 죽을 것인가, 살 것인가, 하는 절대 절명의 위기를 맞아 순간 어느 누구도 상상할 수 없는 초인적인 힘을 발휘했던 것입니다. 사람은 살아가는 동안 몇 번의 위기와 맞서게 된다고 합니다. 그럴 때 목숨을 건다는 자세로 해결책을 찾는다면 위기는 사라지고 성취감만이 남지 않을까요.

63

능률적으로
일하라

· · · · · ·
· · · · · ·
· · · · · ·

사람이 얼마만큼 일을 잘하고
얼마만큼 일을 많이 할 것인가는 그 사람 자신이 결정한다.
즉 사람은 자신이 할 일의 양과 질을 결정할 수 있는
권능을 가지고 있다.

| P. F. 드러커

일은 시간이 아니라 능률이라는 말이 있습니다. 얼마나 많은 시간을 일했느냐 보다는 얼마나 내실 있게 일했느냐가 중요하다는 것입니다.

어떤 사람이 널찍한 포도원을 가지고 있었습니다. 그는 포도원을 가꾸기 위해 적지 않은 일꾼을 고용하고 있었습니다. 그리고 일꾼들 가운데 한 젊은이가 있었습니다. 그는 일도 잘했을 뿐만 아니라 사람 됨됨이도 나무랄 데가 없었습니다. 주인은 포도원을 갈 때마다 그 젊은이를 불러 함께 거닐면서 여러 가지 의논을 하였습니다. 다른 일꾼들은 젊은이가 주인과 돌아다니느라 일하는 시간은 얼마 되지 않으면서도 품삯은 자신들과 똑같이 받았기 때문에 불만이 많았습니다. 이 포도원에서는 일이 끝나면 품삯을 당일 저녁에 일꾼들에게 나눠 줬습니다. 품삯은 모든 일꾼들이 똑같이 받았습니다.

어느 날 젊은이에게 불만이 많던 다른 일꾼들은 젊은이가 품삯을 받을 때를 기다렸다가 여전히 자신들과 똑같은 품삯을 받자 화를 내며 주인에게 항의를 하였습니다.

"주인님 이 청년은 오늘도 주인님과 돌아다니느라 두 시간밖에는 일을 하지 못했습니다. 그런데도 하루 종일 꼬박 일만 한 우리와 품삯이 같다는 것은 경우가 아니라는 생각이 듭니다."

이 말을 들은 주인은 조용한 목소리로, 하지만 단호하게 일꾼들에게 말했습니다.

"하루 종일 일을 했다고? 그런데 그게 무슨 소용이 있나? 자네들이 하루 종일 일한 것보다 이 청년이 두 시간 일한 것이 더 실속이 있는 걸! 일도 일 나름이지. 불평들 말고 썩 돌아들 가게."

주인의 이 말에 일꾼들은 더 이상 말대꾸를 하지 못하고 자리를 떴습니다. 생각해 보니 주인의 말이 옳았기 때문입니다.

사람의 일생도 이와 같습니다. 똑같은 시간을 살았는데 앞서가는 사람과 뒤처지는 사람이 있는 것은 시간이 아니라 누가 더 가지고 있는 시간을 능률적으로 사용했는가로 가름될 때가 많습니다. 문제는 몇 년을 살았느냐가 아니라 그 시간을 어떻게 썼느냐가 인생의 성패를 좌우한다는 것입니다. 우리가 하루하루를 열심히, 그리고 알차게 보내야 하는 이유가 여기에 있습니다.

64

약점도 과감히
드러내면
장점이 된다

때로는 인간의 약한 점이
인생을 구하는 데 필요한 때가 있다.

| M. 메테를링크

사람은 아무리 완벽한 사람일지라도 단점을 갖고 있게 마련입니다. 그래서 사람은 자신에게 있는 장점은 부각시키고 단점은 감추려는 경향을 가지고 있습니다. 입사시험에서 면접을 볼 때도 자신의 장점을 부각시켜, 자신이 이 회사에 들어와 어떤 점에서 회사를 발전시킬 수 있는지를 보이려 애씁니다. 그리고 이것은 당연한 것입니다.

　그런데 자신의 단점을 감추려다 장점을 죽이는 결과를 낳는다면 그땐 어떻게 할까요.

　미국의 톱 가수인 캐스렐리는 한때 자신의 뻐드렁니 때문에 고민한 적이 있습니다. 그녀는 실력을 인정받기 전에 뉴저지의 작은 나이트 클럽에서 노래를 부르며 가수의 꿈을 키워 가던 아마추어 시절이 있었는데, 그때 그녀는 뾰족하게 튀어나온 뻐드렁니를 감추기 위해 입술을 오물오물하면서 노래를 불렀습니다. 그러니 노래가 제대로 나올 리가 없었겠지요. 그래도 다행인 것은 천성적으로 타고난 목소리 때문에 손님들 중에 그녀의 노래를 좋아하는 사람들이 차츰 늘어 갔습니다.

　그런 어느 날 밤, 그녀는 그날도 뻐드렁니를 감추려 입을 오물오물거리며 노래를 불렀는데, 노래가 끝나자 한 신사가 다가오더니 잠시 얘기할 수 있는 시간을 달라고 했습니다. 그들은 빈 테이블을 찾아

자리를 잡고는 마주 앉았습니다. 신사가 말했습니다.

"나는 아가씨의 노래를 좋아하는 팬이라오."

"어휴, 그래요. 고맙습니다. 그런데……."

"예, 내가 아가씰 보자고 한 것은 아가씬 천성적으로 아주 좋은 목소리를 타고났는데, 무언가를 숨기려 하기 때문에 그 목소리를 제대로 표현하지 못하는 것 같아요. 듣자 하니 뻐드렁니 때문이라고 하던데, 그것을 감추려고 타고난 재능을 제대로 발휘하지 못하는 것은 내가 보기엔 옳지 않은 것 같아요. 그리고 지금 보니 당신의 이는 아무렇지도 않아요. 그리고 생각하기에 따라선 그 뻐드렁니가 더 매력적일 수 있어요. 타고난 목소리로 자랑스럽게 노래하세요. 아마 청중들은 자신감 있게 노래하는 아가씨를 지금보다 훨씬 좋아할 테니까요."

신사의 말을 들은 그녀는 깨달은 바가 있어 다음 날부터는 뻐드렁니를 감추려 하지 않고 당당하게 자신의 아름다운 목소리를 표현하기 시작했습니다. 신사의 말대로 반응은 대단했습니다. 그녀가 노래 잘한다는 소문이 전국으로 퍼지기 시작하였고, 방송국에서는 코미디언들이 그녀의 뻐드렁니를 모방하려는 현상까지 생기게 되었습니다. 자신의 장점을 살리니, 단점마저도 장점으로 바뀌게 되었던 것이지요.

사람들은 자신의 약점을 그저 묻어 두고 싶어 합니다. 그러나 그 단점을 가리느라 장점마저 발휘할 수 있는 기회를 막고 있다면, 그것은 달리 생각해 볼 문제입니다. 무조건 단점을 숨기려 하기보다는 자신의 새로운 이미지로 부각해 내기 위해 노력하는 것은 어떨까요. 그러면 단점마저도 장점으로 보이게 하고 장점 역시 더욱 빛나게 될 것입니다.

65

자기
자신을
믿어라

· · · · · · ·

사람은 진정한 자신의 진가를 깨닫지 못하면
스스로에게 만족할 수 없다.

| 마크 트웨인

더글라스 맥아더 하면 "아!" 하고 탄성을 지르는 사람이 많을 것입니다. 제2차 세계대전의 영웅이자 한국전쟁 당시 인천상륙작전으로 우리에게도 잘 알려진 인물이기 때문입니다. 그가 이처럼 세계전쟁사에 남을 위대한 인물이 된 데에는 훌륭한 어머니의 교육이 있었습니다.

맥아더가 미국 웨스트 포인트 사관학교 입학시험 준비를 하고 있을 때의 이야기입니다. 입학시험을 목전에 두었던 경험이 있는 사람이라면 누구나 겪었을 일을 맥아더도 겪게 됩니다. 시험 전날 밤 맥아더는 잠을 이루지 못하고 이리 뒤척 저리 뒤척 하고 있었습니다. 그때 어머니가 맥아더에게 말합니다.

"더글라스, 용기를 가져라. 용기를 잃지 않는다면 넌 합격할 수 있을 거다. 너 자신을 믿어야 돼. 그렇지 않으면 아무도 너를 믿어 주지 않을 거야. 자신감을 갖고 너 자신을 믿는 거야. 만일 네가 합격하지 못하더라도 너는 최선을 다했다는 것을 알게 될 거야. 더글라스, 알았지. 용기를 갖고 최선을 다하는 거야."

어머니의 말에 용기를 얻은 맥아더는 수석으로 사관학교에 합격하게 되었습니다.

그렇지요. 자기 자신을 믿는 것만큼 큰 용기도 없지요. 세상의 모든 일은 자기 자신에게서 출발하는 것입니다. 자기가 자신을 믿지 않는데, 그 누가 자신을 믿어 줄까요? 자신을 믿음으로써 생긴 용기는 자신을 발전시킵니다. 용기를 잃지 마세요. 자신을 믿고 최선을 다한 다면 얻는 결과도 다를 것입니다. 맥아더의 어머니가 한 말을 한번 가슴에 담아 보세요. 그러면 맥아더의 행운이 우리에게 올지도 모르니까요.

66

천사가 숨긴
희망을
찾아라

· · · · · · · · ·

허파의 산소처럼
희망은 의미 있는 생의 필수요소이다.

| 에밀

그 옛날 신과 천사들이 살고 있었을 때의 이야깁니다. 그때는 인간들의 악행이 도를 넘어서고 있었습니다. 그래서 천사들은 인간들에게 벌을 내리기로 하였습니다. 무슨 벌을 내릴까를 고심하던 천사들은 '희망'을 숨기는 것이 가장 큰 형벌이란 결론을 내리게 되었습니다. 희망이 없다면 인간들이 가장 큰 고통을 받을 것이라 생각했기 때문입니다.

　문제는 희망을 어디에다 숨기느냐 하는 거였습니다. 천사들은 이 문제를 논의하기 위해 회의를 소집하였습니다. 한 천사가 말했습니다.

　"높은 산꼭대기에 숨겨 놓으면 어떨까요?"

　그러자 우두머리 천사가 가만히 고개를 저었습니다.

　"인간들은 모험정신이 강하기 때문에 아무리 높은 산에 숨겨 놓아도 금세 찾을 거야."

　이런 식으로 회의는 계속되었지만 결론을 내리지 못하고 있었습니다. 숨길 만한 곳을 찾을 수 없었기 때문입니다. 그때 우두머리 천사가 좋은 묘안이 떠올랐다는 듯이 입을 열었습니다.

　"희망을 숨길 마땅한 장소를 찾았네."

　"그곳이 어딘가요?"

　"바로 인간의 마음속일세. 제아무리 인간들이 모험정신이 강하고 영리하다고 해도, 마음속에 숨겨진 희망을 찾아내진 못할 걸세."

천사들은 무릎을 치며 우두머리 천사의 말에 동의하였습니다. 그리고 희망을 인간의 마음속 깊은 곳에 꽁꽁 숨겨 두었습니다.

지금 희망을 잃어버렸나요. 그럼 다시 찾아야지요. 천사가 우리의 마음속에 숨겨 놓은 희망을.

희망만큼 인생을 값지게 하는 것은 없습니다. 아무리 힘들고 고달파도 희망만 있으면 앞으로 나아갈 수 있습니다. 모래만 가득한 사막에서도 희망을 볼 수 있는 건 마음속에 희망이 있기 때문입니다. 마음을 굳건히 하고, 그 마음에서 희망을 꺼내 자신의 길을 가십시오.

67

일이 잘 될수록
이웃을 살펴라

. . . .

행복의 원칙은 첫째 어떤 일을 할 것,

둘째 어떤 사람을 사랑할 것,

셋째 어떤 일에 희망을 가질 것이다.

| 칸트

미우라 아야코란 일본 작가에 관한 이야기입니다. 그녀는 젊은 시절 구멍가게를 내고 열심히 일했습니다. 그 덕분인지 장사는 잘 되었고, 가게는 날로 번창했습니다. 그런데 그녀의 가게가 잘 되자 문제가 생겼습니다. 주위의 가게들이 그녀의 가게 때문에 장사가 안 된다고 아우성이었습니다. 이런 광경을 본 아야코는 남편에게 말했습니다.

　"우리 가게가 잘 되는 것이 옆 가게를 망하게 하는 것인 줄 몰랐어요. 가게를 줄여야겠어요."

　그녀는 남편에게 말한 대로 가게를 축소하고 손님들을 옆 가게로 보냈습니다. 그러자 그녀에게도 여유로운 시간이 생겨났습니다. 그 시간을 이용해 그녀는 글을 썼습니다. 그것이 바로 『빙점』이라는 소설입니다. 책은 나오자마자 소위 대박을 터뜨렸습니다. 베스트셀러가 된 것이지요.

　함께 어울려 살아간다는 것이 무엇인지를 말해 주는 아름다운 이야기입니다. 다른 사람에 대한 배려는 그것이 아무리 작아도 보기에 좋은 것입니다. 자신이 잘 될 때 다른 사람을 돌아보고 살피는 마음을 갖는 것은 얼마나 아름다운가요. 다른 사람을 배려하고 베푸는 것은 절대 손해가 아닙니다. 더 큰 복이 되어 반드시 돌아옵니다. 아름다운 마음에 벌을 내릴 신은 세상에 없으니까요.

68
배려하면
세상이
아름다워진다

강물이 모든 골짜기의 물을 포용할 수 있음은
아래로 흐르기 때문이다. 오로지 아래로 낮출 수 있으면
결국 위로도 오를 수 있게 된다.

| 회남자

한 사내가 어두운 밤길을 걷고 있었습니다. 바로 그때 반대편에서 장님이 등불을 들고 걸어오는 것이 보였습니다.

그 모습을 본 사내가 장님에게 물었습니다.

"그대는 장님이어서 어차피 앞을 볼 수가 없을 텐데 무엇 하러 등불을 들고 다니시오?"

사내의 물음을 받은 장님이 대답했습니다.

"내가 등불을 들고 다녀야 내가 걸어가고 있는 것을 눈 뜬 사람들이 알 수 있기 때문입니다."

세상을 따뜻하게 만들고 아름다움으로 가득 차게 만드는 것 중 상대를 배려하는 것보다 더 좋은 것은 없을 것입니다.

많은 사람들이 모여 사는 세상에서 다른 사람을 배려하는 마음은 조금도 없이 자신만을 생각하며 산다면 욕지거리 난무하는 싸움은 그칠 날이 없을 것입니다. 싸움은 다른 사람에 대한 배려 없이 자신만을 챙기는 몰염치에서 오는 것이니까요. 이 이야기의 장님처럼 다른 사람을 배려하고 생각하는 마음을 갖고 산다면 바로 우리가 사는 이 세상이 천국이 될 수 있는 것입니다.

69

행복하게
여기면
행복이 된다

불행을 통해
행복이 무엇인지를 배우게 된다.

| 토마스 풀러

어떤 마을에서 한 가난한 남자가 랍비를 찾아와 눈물 어린 호소를 했습니다.

"랍비님, 저의 집은 비좁은 데다가 아이들은 주렁주렁 매달리고 마누라로 말하자면 세상에 이런 악처는 없답니다. 아마도 이 마을에서 제일 형편없는 여편네일 것입니다. 랍비님 무슨 방도가 없을까요?"

남자의 말을 들은 랍비가 다음과 같이 물었습니다.

"염소를 가지고 있나?"

"물론이죠. 유대인 치고 염소 없는 사람이 있을라구요."

"그러면 그 염소를 집 안에 넣어 기르도록 하게."

랍비의 말을 들은 남자는 야릇한 표정을 지으며 돌아갔습니다. 그러나 그는 다음 날 다시 랍비를 찾아왔습니다.

"랍비님, 이제 더 이상 견딜 수 없어요. 못된 여편네에다가 또 염소까지란 말입니다. 이젠 끝장이라구요."

남자의 말을 들은 랍비가 물었습니다.

"닭을 치고 있나?"

"물론이지요. 도대체 닭을 치지 않는 유대인이 있다고 생각하십니까?"

유대인은 닭을 즐겨 기르고 있으므로 남자는 퉁명스럽게 대답했습니다.

"그러면 그 닭을 모두 집 안에 넣어 기르도록 하게."

랍비의 말을 듣고 집으로 돌아갔던 남자는 이튿날 다시 랍비를 찾아왔습니다.

"랍비님, 이젠 말세입니다."

"그렇게도 싫은가?"

"마누라에 염소에 닭이 열 마리! 아이구 맙소사."

남자의 아우성을 들은 랍비가 말했습니다.

"그러면 말일세. 염소와 닭을 밖으로 내보내고 내일 다시 한번 오게."

이튿날 그 남자가 다시 찾아왔습니다. 어제와는 달리 혈색도 좋고, 마치 황금의 산에서 내려온 듯 두 눈은 기쁨으로 빛나고 있었습니다.

"랍비님, 염소와 닭을 내보냈습니다. 선생님께서는 천 배나 축복을 받으시기를! 저의 집은 바야흐로 천국 같습니다."

마지막으로 남자가 랍비를 찾아왔을 때는 처음 랍비를 찾았을 때와 똑같은 상황이었는데도 남자가 하는 말은 180도 달라졌지요. 랍비의 허락을 얻으면 유대교에서는 이혼을 할 수 있었으므로 남자는 랍비의 이혼 허락을 받으러 온 것이었지만, 랍비는 현재보다 더 불행한 일이 얼마든지 있음을 깨닫게 해 지금 처해 있는 상황에서 행복을 볼 수 있게 한 것입니다. 행복은 지금 우리가 처해 있는 상황 속에서도 얼마든지 볼 수 있음을 이 글은 말해 주고 있습니다.

70

있어야 할
자리에 있을 때
가치를 발휘한다

자기 자리에 앉으라.
그러면 아무도 그대를 일어서게 하지 않을 것이다.

| M. 세르반테스

사람에게는 각자 맞는 자리가 있다고 합니다. 때로 불행이 찾아드는 것은 자기에게 맞는 자리를 마다하고, 더 높고 큰 자리를 차지하려고 하기 때문이기도 합니다.

어느 마을에 유명한 수석광이 있었습니다. 그의 집은 온통 그가 전국에서 모아온 수석들로 발 디딜 틈이 없었습니다. 사람들은 그가 가진 수석들을 모두 돈으로 환산하면 족히 수억대는 넘을 거라고 생각하고 있었습니다. 그는 마치 수석들을 자식이라도 되는 양 애지중지 정성을 쏟았습니다. 그에겐 수석을 모으면서 생긴 버릇이 하나 있었는데, 그것은 수석이 하나 늘어날 때마다 사람들을 불러 자신의 여행담과 돌에 얽힌 체험담을 들려주는 것이었습니다.

어느 날 그의 집에 교수인 친구가 방문을 했습니다. 그는 다른 때와 다름없이 그에게 수석 자랑을 늘어놓고 있었습니다.

"이것 좀 보게나. 내가 가장 아끼는 거야. 이놈을 만난 건 큰 행운이었어. 지리산에서 갑자기 폭우가 쏟아져 길을 잃고 헤매게 되었는데, 그러다가 그만 발을 헛디뎌 골짜기 아래로 미끄러지는 아찔한 순간을 맞았지 뭔가. 멈추려고 안간힘을 써도 소용이 없었는데 얼마를 내려갔을까, 뭔가가 툭 불거져 있는 것이 눈에 보이는 거야. 나는 결사적으로 그것을 잡고는 놓지 않았지. 그건 바로 돌이었고, 그 돌을 붙잡고 놓지 않은 덕분에 나는 계곡으로 떨어지는 참변을 피할 수 있었지. 그런데 말이야, 더 나를 들뜨게 만든 건 그 돌이 예사 돌이 아니라는 거였어. 그야말로 하늘이 내린 천하명석이었던 거야. 아! 그때의 가슴 떨림이란……."

자랑스럽게 떠드는 수석광과는 달리 친구인 교수의 반응은 시큰둥했습니다. 하지만 친구의 반응이야 어쨌든 수석광의 자랑은 계속 이어졌습니다.

"이봐 친구, 이것 좀 눈여겨보게나. 마치 부처님이 빗속에서 가부좌를 틀고 앉아 있는 것 같지 않은가?"

그러자 친구가 그때서야 입을 열어 수석광에게 한마디 했습니다.

"그렇게 보일지도 모르지. 자네에겐 천하명석으로 보일지 모르지만 나에게는 그저 돌멩이로 보일 뿐이네. 그리고 그 돌이 자네의 목숨을 구해준 돌이라면 그걸 그 자리에 두고 올 일이지 왜 캐 가지고 왔는가? 저 돌은 땅에 박혀 있음으로 해서 자네를 구해 줬던 것처럼 사람의 생명을 구해 주는 것이 더 가치 있는 것이라고는 생각해 보지 않았는가? 그걸 자네 혼자서만 감상하겠다고 캐온 순간 이미 저 돌의 가치는 사라지고 만 것일세. 사람이나 사물이나 그것이 있어야 할 자리에 있어야 그 가치를 발휘한다는 것을 자네도 이제 알았으면 좋겠네."

사람은 누구나 자기 안에 세상을 담을 수 있는 용량의 그릇을 가지고 있습니다. 그리고 그 용량이 세상에 있어야 할 자리를 결정해 줍니다. 사람은 누구나 크고 보기 좋은 자리에 있기를 소망합니다. 그러나 그것보다 먼저 그 자리가 자신에게 화를 줄 자리인지 복을 줄 자리인지를 생각해 봐야 합니다. 자기에게 맞아 삶에 행복을 주는 자리. 그 자리는 크고 보기 좋은 자리가 아니라 자신의 삶을 가장 가치 있게 살아갈 수 있게 해 주는 자리인 동시에 자신의 재능을 가장 잘 발휘할 수 있게 도와주는 자리입니다. 자신에게 맞는 자리를 찾을 수 있다면 그것이 어떤 자리이든 간에 그 사람은 인생 전체가 행복할 수 있는, 든든한 후원자를 얻는 것입니다.

71

좋은 친구는
인생의
보물이다

좋은 벗이란 상대방의 잘못을 보면 일깨워 주고,

좋은 일을 보면 마음속 깊이 기뻐하며,

괴로움에 처했을 때 서로 버리지 않으며, 이익을 나누어 주고,

상대방에게 직업을 갖게 해 주고, 늘 착한 생각을 갖고 있는 사람이다.

나쁜 벗이란 상대의 물건을 빼앗으며, 거짓말을 하며,

체면만 좋아하며, 거짓 가르침을 전해 주는 사람이다.

| 선생자경

"친구들은 인생의 귀중한 보물이다. 너희들은 신뢰해 줄 벗이 친구들 사이에 발견되면 그 만남을 신께 감사하여라. 그 벗과 더 친해지기 위해서는 여러 가지 행동이 있어야 한다. 우선 그 벗이 무엇에 흥미 있는지 알아보아라. 그 벗이 자기 부모나 형제자매와 어떻게 지내고 있는가도 보고, 그 벗과 함께 공부하여 더불어 점차 앞서 나아가라. 그의 충고를 귀담아 들을 것이며, 그에게도 마찬가지로 조언해 주어라. 그 벗에게 언제까지나 충실하여라. 그리고 그 벗과 헤어지지 않도록 하여라. 그 벗과 똑같은 제2의 벗은 쉽게 얻을 수 없다."

　J. 반데스는 참된 친구와 세상을 살아가는 방법을 경험을 통해 일깨워 주고 있습니다. 친구는 또 다른 자신입니다. 세상 사람들이 자신을 평가하는 잣대로 삼는 게 친구지요. '네가 사귀는 친구를 보여 주면 네가 어떤 사람인지 말해 줄 수 있다'는 외국 속담이 있을 정도로 친구는 자신과 동일시되는 사람입니다. 그런 친구와의 관계를 지키기 위해 친구로서의 의무를 충실하게 수행하는 것은 인생을 즐겁게 살 수 있는 좋은 방법입니다.

72

꽃보다
아름다운
사람의 가치

검약함이란 인색한 자들을 제외한 모든 사람에게

너그러움을 뜻한다.

| 칼릴 지브란

19세기 미국의 저명한 교육자 호라스 만이 소년 감화원의 개원식에서 연설을 한 일이 있었습니다. 그는 단 한 사람의 소년이라도 여기에 감화되어 나간다면, 이 시설을 만드는 데 든 모든 비용과 노력은 보상되고도 남는다고 말했습니다.

　식이 끝난 뒤 사석에서 어떤 신사가 그를 비꼬는 식으로 말했습니다.

　"단 한 사람이라도 감화되어 나간다면 모든 비용과 노력이 보상되고도 남는다는 건 좀 지나치지 않습니까?"

　그러자 호라스 만이 다음과 같이 받아쳤습니다.

　"지나치다니요, 그 아이가 내 아이라고 생각해 보세요."

　참으로 가슴에 와 닿는 말이지요. 사람의 가치는 세상의 그 어느 가치보다 우선하는 것입니다. 그런데 세상을 가만 둘러보면 사람의 가치보다 우선시되는 것이 참으로 많다는 생각이 듭니다. 이런 것들이 사람들을 점점 불신의 벽으로 나뉘게 하고, 인명을 경시하는 풍조로 나타나기도 합니다. 호라스 만의 말처럼 내 아이라고 생각하고 사람을 대한다면 물질적인 것을 넘어서 사람은 꽃보다 아름다워질 수 있을 것입니다.

73

다른 사람의
시각을
인정하라

．
．
．
．
．
．
．

상대방의 입장에 서 보지 않고는

사람을 판단하지 말라.

| 히레르

장님 다섯 사람이 코끼리를 만져 보고 있었습니다.

첫 번째 장님이 코끼리의 배를 만져 보고는 말했습니다.

"코끼리는 바람벽처럼 생겼는데."

두 번째 장님이 코끼리의 코를 만지고서는 말했습니다.

"아닌데, 코끼리는 구렁이같이 생겼는걸."

세 번째 장님이 코끼리의 다리를 안아 보고는 말했습니다.

"코끼리는 나무통처럼 생겼는걸."

네 번째 장님이 코끼리의 귀를 한참 만지작거리더니 말했습니다.

"아니야, 코끼리는 부채처럼 생겼어."

다섯 번째 장님은 코끼리의 꼬리를 만져 보고는 말했습니다.

"코끼리는 밧줄처럼 생겼구나."

이처럼 어느 한 사물을 가지고도 보는 사람의 시각에 따라 천차
만별로 나타날 수 있는 게 세상입니다. 자기와 시각이 다르다고 해서
그 사람을 멀리하고 싫어해서는 안됩니다. 다른 사람의 시각을 인정
하지 않으면 자신의 시각도 다른 사람들에게 인정받을 수 없는 것입
니다. 상대의 시각을, 상대의 실체를 인정해 주는 것이 자신의 시각
을, 자신의 실체를 인정받는 바른 길입니다.

74

솔직하고
당당하게
처신하라

· · · · · · · · ·

남이 안 보는 곳에서도 속이거나 숨기지 않으면
여럿이 있는 곳에 나갔을 때 떳떳이 행동할 수 있다.

| 채근담

이솝 우화에는 허영심을 경계하는 다음과 같은 글이 있습니다.

어느 숲에 허영심이 유달리 많은 까마귀가 한 마리 살고 있었습니다. 이 까마귀는 어느 날 하늘을 날다 땅에 떨어져 있는 공작새의 깃털을 보게 되었습니다. 그는 공작새의 깃털을 주워 하나하나 정성스럽게 자기의 털에 꽂았습니다. 그리고는 예전에 함께 어울려 놀던 다른 새들을 깔보며 공작새 무리 속으로 위풍당당하게 들어갔습니다. 그러나 얼마 못 가 다른 공작새들은 이 공작새의 정체가 까마귀란 것을 알아차리게 되었습니다. 공작새들은 까마귀에게 달려들어 위장한 공작새의 깃털을 뽑아 버린 뒤 무리에서 내쫓아 버렸습니다. 까마귀는 울면서 예전에 어울리던 새들에게 돌아가지만 그 새들 역시 까마귀를 아는 체도 하지 않고 냉정하게 까마귀를 내쫓아 버렸습니다.

사람은 누구나 자신을 남보다 낫게 치장하려는 마음을 가지고 있습니다. 그래서 열심히 일도 하고, 공부도 하고, 도전도 합니다. 이런 마음은 자신의 발전을 위해서는 좋은 점을 많이 가지고 있는 마음입니다. 그러나 문제는 이 마음이 자신의 본성이나 능력을 망각하고 허영심에 들떠 행동할 때입니다. 도전은 아름답지만 자신의 본모습을 숨기고 남을 속여서는 진정한 성취를 할 수 없습니다. 자신의 모습을 당당하게 드러내고 노력하며 앞으로 나아가야 합니다.

75

자기 일의
가치는
자신이 만든다

아무리 하찮은 일이라도
불명예스러운 일이란 없다.

| 탈무드

어느 도시에 성당을 신축하는 공사가 한창 진행되고 있었습니다. 그 공사장에서 세 명의 청년이 일을 하고 있었습니다. 그때 그곳을 지나가던 신부님이 한 청년에게 물었습니다.

"당신은 지금 무슨 일을 하고 있습니까?"

청년이 대답했습니다.

"벽돌을 가지고 담을 쌓는 일을 하고 있지요."

신부님은 두 번째 청년에게 똑같은 질문을 했습니다.

그 청년이 대답했습니다.

"먹고 살기 위한 일을 하지요."

신부님은 마지막으로, 진지한 표정으로 열심히 벽돌을 쌓아 올리고 있는 세 번째 청년에게 같은 질문을 했습니다. 청년이 대답했습니다.

"많은 사람들이 기도로 마음의 행복을 찾을, 훌륭한 성당을 만들고 있는 중이지요."

보람은 누군가가 가져다 주는 것이 아닌 스스로가 찾아내는 것이고 또한 키워 가는 것입니다. 그중에서도 자기가 하는 일에서 보람을 찾을 수 있을 때, 삶은 그만큼 행복해지고 그만큼 미래에 대한 희망도 커지는 것입니다. 우리는 지금 어떤 마음으로 자신의 일에 임하고 있을까요?

76

행복은
지금
누리는 것

. . . .

적당하게 일하고 좀 더 느긋하게 쉬어라.

현명한 사람은 느긋하게 인생을 보냄으로써

진정한 행복을 누리는 것이다.

| 발타자르 그라시안

듀퐁이란 회사명을 들어 본 적이 있을 것입니다. 미국의 다국적기업이고 우리나라에도 들어와 있습니다. 에셀 듀퐁은 이 회사 사장의 맏딸로 태어나서 엄청난 재산을 물려받았습니다. 그 재산으로 그녀는 무슨 일이든 할 수 있었습니다. 그녀는 아주 아름다웠으며, 루즈벨트 대통령의 셋째아들과 결혼까지 했습니다. 그녀에게는 더 이상 바랄 것이 없는 것처럼 보였습니다. 하지만 그녀는 그다지 행복하지 않았나 봅니다. 그녀는 49세라는 젊은 나이에 자살로 생을 마감하고 말았습니다.

행복은 어디에 있을까요. 자기가 원하는 것을 이뤘을 때, 부자가 되었을 때 등등, 행복해질 수 있는 조건은 많이 있습니다. 그러나 행복을 얻을 수 있는 최고의 조건은 지금 자신의 자리에서 마음의 행복을 누리는 것입니다. 마음이 행복하면 사회적 지위나 물질적 풍요와는 상관없이 행복한 생활을 영위할 수 있습니다. 마음에 욕심을 채우지 말고 행복을 채워 보세요. 그러면 우리의 인생엔 언제나 미소가 찾아와 함께 머물 것입니다.

77

포기하지
않는 한
실패는 없다

시도했는가? 실패했는가?

괜찮다. 다시 시도하라.

다시 실패하라. 더 나은 실패를 하라.

| 사무엘 베케트

성공과 실패는 종이 한 장 차이
목표가 바로 눈앞에서 아른거리는데도
깨닫지 못하는 경우가 있다.
다시 한번 잠수하면 진주를 손에 넣을 수 있는데
포기해 버리는 잠수부가 많다.
아무리 힘들어도 달콤한 꿀은 있는 법.
포기하지 않는 한 실패는 찾아오지 않는다.

헨리 오스틴이 쓴 글입니다. 글의 마지막 행처럼 스스로 포기하지 않는 한 실패는 찾아오지 않는 것일지 모릅니다. 그러니 포기하지 마세요. 시련의 바람이 불수록 더 당당하게 그 바람과 맞서세요. 정말로 너무 소중한 한 번뿐인 인생인데 포기로 끝내기에는 아깝지 않은가요. 사람은 누구나 이루고 싶은 꿈이 있습니다. 그 꿈을 위해 자신의 전부를 걸어 보는 건 어떨까요.

꿈은 시련 앞에서 더욱 강해지라고 있는 것일지 모릅니다. 꿈을 이룬 사람들의 모습을 보세요. 그들은 오히려 시련 앞에서 당당했습니다. 시련을 두려워하지 않았습니다. 꿈을 이룬 사람들은 도전하고 또 도전했습니다. 그들은 시련 앞에서 포기라는 것을 몰랐습니다. 포기보다는 시련이 오면 더욱더 열정을 불태웠습니다.

다른 사람이 했다면 우리도 할 수 있는 것입니다. 모두들 자신의 분야에서 성공하는 사람이 되었으면 좋겠습니다. 자신의 인생을 성공으로 이끌어 가세요. 바로 앞에 당신의 인생이 활짝 열려 있습니다!